花人始末
菊香の夢

和田はつ子

幻冬舎時代小説文庫

花人始末

菊香の夢

目次

第一話　旅立ちの江戸菊

1

　秋風が菊の香りを運んできている。

　八丁堀は七軒町の裏店にある花仙では、店主の花恵が鉢物の小菊の世話に余念がなかった。

　――苦み走った爽やかないい匂いだわ。今頃、おとっつぁんも晃吉もきっと大忙しね――

　花恵の父・茂三郎は染井一帯の植木屋の肝煎で、晃吉はその弟子である。今時分は『菊見見物近道独案内』の案内地図等を手にして染井を訪れる菊見客たちのために、さまざまな種類の菊の鉢を並べたり、菊人形作りに寝る間も惜しんで励んでいたりするはずであった。この時季になると、菊の香は染井でなくとも市中全体にそこはかとなく漂っている。

毎年、歌舞伎の人気役者や義経、弁慶などの語り継がれている英雄の菊人形は評判だが、花恵の家は代々肝煎なので菊人形は大権現家康、千姫と決まっていた。千姫は家康の孫であり、祖父や父に嫁ぎ先の豊臣家を滅ぼされた美しくも悲劇の姫である。

絶大な人気を誇る菊人形は文化年間（一八〇四～一八）、麻布狸穴（まみあな）の植木屋が鶴や帆かけ船等を菊花でかたどった菊細工が始まりである。頭や手足は生人形師（いきにんぎょうし）による人形、身体を菊の花で作った等身大の人形となって定着し、染井や巣鴨一帯の植木屋に広がったとされている。

――花仙の菊香も風に運ばれて、皆を癒してくれるといいな――

うっとりと目を閉じた花恵は、菊の香が充ちている染井を思い浮かべながら、秘かに念じた。

園芸好きの江戸の人たちは、花は桜と並んで菊を愛（いと）おしんできた。どこの家の庭でも、たとえ長屋の庭の片隅であっても多種多様な菊が植えられていて、今は花を咲かせている。

「お願いします」

戸口から聞き慣れた声が掛かった。

「はい、只今」

花恵は返事をして戸口に向かった。灰色がかった縞柄の着物を着た小柄な老爺が首を縮こめるようにして会釈をした。全体に弱々しい印象を受けるが、なぜか大きく瞠った目だけが思い詰めたように訴えている。老爺の代わりに声を掛けたお貞は、遠慮がちに間を取って後ろに立っていた。

「お目当ては何でございますか？」

花恵は「少し待ってて」とお貞に目で合図を送りながら、老爺に訊いた。

菊の時季だからといって、花仙では菊ばかり育てて売っているわけではなかった。典雅な紫色が人気の桔梗や竜胆、日持ちのいい鶏頭等も目を楽しませてくれている。

「ここじゃ、丁字菊が売られていると聞いてね」

老爺は険しい表情はしているものの、口元を和ませた。

「ささやかな商いですので種類はそれほど多くはございません。丁字菊の子どものような小菊もございます。どうぞ、心ゆくまでごらんになってください」

花恵は鉢植えに作られている丁字菊と小菊が並んでいる場所へと案内した。

今年、花恵が鉢植えに拵えた菊は、紫がかった薄桃色と深紅の丁字菊、白色と黄色、各々の丁字菊を小型にした小菊の四種であった。菊は花の大きさによって、厚物、大摑み、一文字、美濃菊等の大菊、伊勢菊、江戸菊、肥後菊、嵯峨菊、丁字菊等の中菊、色とりどりで花径三分（約九ミリ）以下の小菊に分かれる。

老爺はしばし丁字菊と小菊の鉢の前に立っていた。その後ろ姿には並々ならぬ厳しさと切迫感が滲んでいた。他の客にするように、とても気軽に話しかけられないと、花恵の方も息を詰めていると、

「あれを貰おうか」

ぽつりと呟くように言って、深紅の丁字菊を選んだ。

「いいねえ、鮮やかだねえ、血の色みたいで。血は凶なんかじゃあねえ、あの赤は命の色だよ」

老爺の白目は真っ赤で、花恵には泣いているように見えた。

――このおじいさん、きっと赤い丁字菊に深い思い出があるんだわ――

花恵の胸の辺りは重くなった。離れて見ているお貞の視線も老爺に注がれていた。

「ありがとよ」と帰っていく老爺と入れ替わるようにして、数人の客たちが訪れた。中には花恵目当ての冷やかしの若い職人たちもいて、お貞はいつものように世間話をしている。今日は目も艶やかな芸妓も、踊りの稽古帰りに立ち寄った。

「ここのお嬢さんはたいそうな菊通だって聞いたんですよ。あたしね、菊が大好きで毎年小菊の鉢を買うんだけど、次の年も咲かせたいのに、できたためしがないんです」

「おもとめになる時、どんなものを選ばれていますか？」

「そうねえ、ぱっと見て〝あ、綺麗〟ってぴんと来たものかしら」

芸妓は紫がかった薄桃色の丁字菊を手に取った。花はほぼ満開である。

「綺麗と思われるのは、花が沢山咲いてる鉢ですか？」

「そうそう」

芸妓は微笑みながら、頷いた。

「花が咲き揃ったものより蕾の多い方が長く楽しめるだけではなく、その菊の鉢の善し悪しがわかりやすいんですよ」

「でもどうしても目が蕾より先に花に行くのよね」

「色へのこだわりも、もちろんありますよね」

「桃色を見かけたら迷わずぱっと買うわ。これ、いけない？」

この時、花恵は先ほどの老爺が求めた赤い菊の色を思い出した。

「好きな色へのこだわりで、つい茎とか葉の様子を見逃しがちなんです。翌年も綺麗に咲かせるつもりならこれ、実は花の色より大事です」

花恵は老爺の言葉に引っかかりつつも、芸妓との話を絶やさずに続けた。

「茎や葉とか、花より綺麗だなんて思わないから先に見たことなんてないわ。第一、花が咲かなくなったら枯れてきちゃうわよ」

「花を落とした菊が枯れるのは、肥やしが足りないか、アブラムシやハダニ等の害虫、赤さび病、うどんこ病等に冒されて弱っているからなんですよ。愛情を注いで守ってやれば鉢植えとはいえ、必ず翌年も咲きます。今日はここまでにと」

「え、まだ秘訣には先があるの？」

芸妓はふうとため息をついた。

「冬場を枯らさずに乗り切ったらまた、ここへ来てください。とっておきの秘訣をお教えしますから」

花恵が話を終わらせると、

「来年は頑張って必ず咲かせるわ。あたし、実はこの菊の翌年咲きに願を掛けようかと思ってるのよね。あと一年で年季が明けて、親のために借りたお金を返し終えられるの。修業の邪魔になるからって、ずっと所帯を持つことを許してくれなかった相手の親方が芸妓でも十年掛けて借金を返すのは感心だって認めてくれそうなのよ。そうなったら、もしかしたらもしかするのよ、ふふふ、柄にもなくあたし――」

年増の芸妓ははにかんだように笑った。

――好きな人と一緒になれるかもしれないのね――

花恵の心にぱっと灯りが点ったような気がした。花恵は薄桃色の丁字菊の鉢を大事そうに抱えて帰っていく芸妓に、

「ありがとうございました」

威勢よく礼を言い、心の中で思い切り励ました。

芸妓の話を羨ましそうに聞いていたお貞は、持っていた風呂敷包みをかざして見せた。ようやく、客が引けたところだった。

「あたし、菊のお菓子、美味しそうだから買ってきたんだ」

「まあ、栄菊屋(えいぎくや)の菊上生菓子じゃないの。奮発したわねえ」

春に桃の節供があるように、菊が市中に咲き乱れる秋にも秋節供があって九月九日がこの祝いの日とされている。九という陽数が重なることから『重陽(ちょうよう)の節供』とされている。雛(ひな)の節供にあられや菱餅(ひしもち)が売り出されるように、秋節供の頃から菊の花が見られなくなる初冬まで、市中ではさまざまな菊の花を模した菊菓子が菓子屋の店先を彩る。中でも煉(ね)り切り等の上生菓子に限って売る栄菊屋は値の高さと菓子細工の美しさで知られていた。

「だって——菊を存分に味わいたいじゃない」

お貞は紅葉(もみじ)が配されている栄菊屋の菓子箱の蓋(ふた)を開けた。

「やっぱり凄(すご)い」

花恵は歓声を上げた。

栄菊屋の菊づくし箱には白、餡(あん)色、薄桃色、薄緑、薄黄色、濃い餡色の六色の野菊の花が詰まっていて、中央には黄色と餡色が互い違いになっている矩形がでんとおさまっている。この絶妙な詰め方が、すべて丸型の菊花菓子各々をより際立たせている。そして三隅に添えられた本物の菊の葉が、全体を引き締めてもいた。

「さすが大奥お出入りを許されてるだけあって洒落てるわねえ」

なおも花恵は感動している。

「お茶、淹れなきゃ。これには絶対お抹茶ね」

いそいそと勝手口へと歩いていこうとした花恵を、

「あの。ちょっとその前に」

お貞が引き留め、花恵は菊づくし箱が置かれている縁台に腰をおろした。

「実はね、これと同じの、青木の旦那のとこへ持っていったのよね。いつだったか、お母様の好物だって洩らしてたもんだから」

青木秀之介は花恵と同じ八丁堀に住む定町廻り同心であった。花恵と熱心に話すわけでもなく、度々訪れては時季の花をもとめていってくれるお得意様であった。

ただ、青木が花仙にしばしば立ち寄るのは、母親譲りの花好きもさることながら、花恵に密かな想いを寄せてのことであるのは一目瞭然であった。

「『将を射んと欲すればまず馬を射よ』ってやつよね?」

お貞は青木一筋で慕っていた。

「道ならぬ道の上、想っても想っても報われない想いなんだけどね」

そうは言いつつも諦めることなどできないのが恋の道であった。

「青木様のお母様、どんな方だったの?」

「身仕舞いが凜(りん)としてて、花で喩(たと)えるなら、どこもかしこも真っ白に包み込んでしまいそうなあの白い卯の花。さすが縫い物上手を生かした女手一つで一人息子を育て上げて、亡き夫の後を継がせて同心にしただけのことはある」

初夏に咲く卯の花は空木(うつぎ)というのが正式な名で、高さは六尺(約一・八メートル)以上にもなり、枝先に沢山の多くの白い花を可憐に咲かせる。

自生の空木が咲き乱れている様子は、緑の夏の野に雪の術がかけられたかのように見えなくもない。

「素敵なお母様ね」

「そうなんだけど——」

お貞は口籠(くちご)もった。

――まさか、昼を過ぎると髭が目立つお貞さんのこと、何か言ったのかしら？

――

「あのね、栄菊屋の菊づくし箱ね、あたし、花仙の花恵ちゃんからって言っちゃったのよ。いつも旦那に贔屓にしてもらってるからって――」

お貞は項垂れている。

「どうしてそんなこと言っちゃったのよ？　それじゃ、せっかくのお貞さんの気持ち、全然伝わらないじゃない」

花恵は苛立って、つい大きな声を出した。

「だって、だってさ、青木の旦那のお母様、お志野さん、思ってたよりずっと綺麗で非の打ち所がない女で、あたしなんて駄目だ、足下にも及ばない、どうしよう、どうしようって思ったら、花恵ちゃんの名が、つい口から出てたのよ」

お貞はしどろもどろである。

「駄目でしょ、そんなじゃ。青木様のお母様はお貞さんの恋敵じゃないし――」

「ごめんね、花恵ちゃん。志野さんすごくうれしかったみたいで。『栄菊屋さんの菊づくしは大好きだけれど、こんなにまでしていただいては申し訳ない。お礼がてら鉢植えの菊をもとめ、菊を翌年も咲かせるのにはどうしたらいいか、花恵さんのご指南を賜りたい』って。『花恵さんにのぼせてる息子の言うことじゃ、当てになりそうもないでしょう？』っておっしゃって」

最後の方は、お貞の声が小さくなっていた。

――困った、話がおかしくなってきた――

花恵は気が気ではなくなったが、

「泣いても笑ってもお志野さんはここへ来ちゃうわけ」

打ち明け終えたお貞はむしろ晴れ晴れとほっとした表情をしている。

「だから栄菊屋の菊づくし箱は花恵ちゃんがあたしに頼んだことにして、旦那のお母様の相手をしてね、お願い」

「仕方ないわね」

花恵は不承不承首を縦に振って、頷くしかなかった。

「まずは事の始まりの菊づくし箱をいただきましょう」

厨で抹茶を点てて盆に載せて勝手口を出ると、縁台のある方からお貞と晃吉が話している声が聞こえた。

　晃吉はこの忙しさの中でも、三日にあげずここを訪れる。実家で作っている時季の花を裾分けしてくれるのは有難かったが、花恵はこの役目が晃吉でなくともかまわないと思っている。

「何せ親方ときたらお嬢さんのことは死ぬほど案じてますからね。だからお嬢さんの様子を見てくるのも俺じゃないとね。ほかの奴じゃ安心できないんじゃないかと思います」

　などと勝手な憶測を事実であるかのように言うのが晃吉の常だった。今ごろ、お貞は晃吉の巧みな口車に乗せられてついつい先ほどの話を喋ってしまっているに違いない。

「わかりますよ、よくわかる。俺も覚えあるんすから、ほんとです、悲しいですよね」

　――ったく、お調子もんなんだから、もう――

　花恵は怒るよりも先に吹き出してしまった。晃吉の憎めない饒舌は生来の無邪気と隣り合わせなのだった。花恵は一度江戸一の味噌問屋の嫁にと望まれて玉の輿に乗りかけたが、湧き上がった根も葉もない噂を理由に先方から破談にされたことがあった。この時花恵の父は、「晃吉と一緒になってこの植木屋を継ぐのはどうか？嫌なら当分はここにいない方がいい」と、鬱々と部屋に籠ったままでいる愛娘に持ちかけたことがあった。

この時花恵は染井の家を出て、八丁堀の裏店にささやかな花売りの店を構える方を選んだ。今でも時折、父は、

「おまえの従姉妹に子が二人も生まれたそうだ。二人とも女の子でな、赤子連れで遊びに来るというので、嫁に行く時とびきりの櫛を作ってやれるよう、上物の黄楊の若木を祝いに贈ったよ。晃吉はこちらが羨ましくなるほど楽しそうに赤子たちと遊んでいた。晃吉が子ども好きなのはいいことだ」

などと思わせぶりに話すのだった。

2

「さあ、いただきましょう」

花恵は盆の上に三人分の抹茶碗を載せて運ぶと、各々の前に置いた。

「あの、栄菊屋の菊上生菓子と俺の持ってきた屋台のみたらし団子、どっちを先に食べたらいいと思います？」

晃吉が真顔で訊いてきた。

「あ、それから、いっけねえ。今日の親方からのお届けものはこれでしたっけ」

晃吉は持参した花びらが花火よりも、奔放に四方八方に伸びている、黄色と、縁だけ紅い白の二種の江戸菊の方をちらりと見た。花恵の店に菊の種類が少ないのを案じた父はこのところ、主に厚物、管物（くだもの）等の大菊や伊勢菊や嵯峨菊等の中菊を届けていた。

「実は今日のこれ、俺が作った菊なんすよね」

晃吉は胸を張った。

「厚物、管物、厚走り、大摑み、一文字等の大菊って、大昔からこれって形が決まってて、特に花の大きさもぴしゃりと同じように作らないと駄目なんですけど、江戸菊はもっと自由に作れるでしょ、だから俺向きだって親方も認めてくれてるんです」

晃吉はうれしそうに告げてから、

「何せ、この江戸菊、昨年から人気で売れて売れて——、晃吉菊って名をつけたらどうか、なんてことまで言われちゃって——、あ、これどっかの女の戯れ言ですよ、俺、本気にしてませんから、どうか親方には言わないでください、お願いです」

慌てて神妙な顔で両手を花恵に向かって合わせた。

——それなら、わざわざ言わなきゃいいでしょうが——

花恵は呆れながらも、笑ってしまった。

「俺の江戸菊の人気が高まった分、どうしようかって思ってることがあって、実は悩んでるんです」

「あら、悩みごとなんて珍しい」

花恵は思わず耳を疑った。

「これなんですけどね」

晃吉は袖から文を出した。

「俺の江戸菊が売れはじめると、三日に一度は恋文が届くんですよね。ほら、こんなに」

晃吉はあと二通出した。

「今はとても忙しい時季ですし、まだ中身を読んではいないんです。でも料理屋のお清さんは二通も続けて送ってくれてて、あと一通はこのところそのみたらし団子を買ってるとこの娘さんじゃないかと――。じいっと一心に俺を見てる目、絶対惚れてる証ですもん」

「いいわねえ、もてる男って」

お貞はため息をついて、

「読んだらもちろん、思わしい女に返事を出すんでしょ？」

訊かずにはいられない様子だった。

晃吉は頬杖をついて、

「きっとまだ俺への恋文は菊の時季が終わるまで、もしかしたら、それから後も続くんじゃないかって気がしてるんです。そうなると早くに思わしい女は決められないし、そもそもこれほどの女たちが俺のこと想ってくれてるのに、一人を選ぶなんてできはしませんよ。俺、やっぱり読むの止めときます」

目を伏せて、ため息をついた。

――変わらず自慢屋のもてたがり屋ねえ――

真剣に聞いてられないと、花恵はとことん呆れて、

「ちょっと、栄菊屋の菊の上生菓子と屋台のみたらし団子の食べる順番じゃなかった？」

話を元に戻した。

「そうでしたっけ。このみたらし団子は屋台で売られているとはいえ、並みのものではないんですよ」

晃吉はこほんと一つ咳払いをした。

みたらし団子は黒砂糖醤油の葛餡をかけた串団子（焼き団子）で、本来は醤油のつけ焼きだったものの、やがて葛餡かけになった。

「これは、叶わぬ恋を成就させる恋の神様団子なんです。何でもみたらし団子の始まりは、京の下鴨神社の境内にある、御手洗池の水泡を模して団子にする思いつきからで、親同士に反対されていた叶わぬ恋にこの団子が御利益があったそうで」

晃吉のこの言葉に、

「それ本当？」

お貞の大きな目がぎらりと光った。

花恵は晃吉らしい思いつきではないかと、やれやれといった表情になった。それと似た話を以前、おとっつぁんがしてくれたことを思い出したからだ。

――昔々、後醍醐天皇が下鴨神社のこの池の前を通られたところ、まず一つ大きな泡が出て、続いて四つの泡が出てきたそうだ。そこで、この泡を模して、串の先に団子を一つ、やや間をあけて四つを刺した。

花恵が昔の記憶を辿っていく一方で、お貞は恋に効くと聞いたとたん、目が真剣そのものになった。

「ということは、他のお菓子とは一緒に食べない方がいいのね？」

「もちろんですよ。それからここにあるの、全部食べなきゃ駄目」

晃吉は微笑みながら自分の胸を叩いた。

「それなら――」

お貞は晃吉が持ってきたみたらし団子を一本、また、一本と十本全部を一人で食べ尽くして、花恵が点てた抹茶を飲み干した。

「お薄の前にはとにかく美味しーい煉り切り――」

晃吉は菊づくし箱に手を出しかけたが、

「駄目っ」

花恵がぴしゃりと晃吉の手の甲を叩いた。

——晃吉ときたらこれが狙いだったのね——

「あたし一人じゃ食べ切れそうにないから、おとっつぁんに持っていってあげて」

「親方におまえにもって勧められたら、俺も食べてもいいですよね。俺の手、叩かないでくれますよね」

にっこりと邪気のない笑顔のまま念を押す晃吉に、

「叩きたくても、ここと染井とじゃ遠くて無理よ」

花恵はつい馬鹿真面目に応えてしまった。

菊づくしの箱を手に帰っていく晃吉を見送りながら、

「困るわよ、お貞さん。晃吉を調子に乗せないで」

花恵はお貞を睨んだ。

「そう悪い相手じゃないとあたしは思うけど」

「だったら、お貞さん、どうぞ」

「それとこれとは別。あたし、晃吉さんみたいな自分大好き男は好きになれないのよ。でも、始終ここへ来てるから、つんけんはできないわよ。みたらし団子が叶わぬ恋を成就させるなんて話も、出鱈目でもいいから、信じたい気分なの。あれで、行き当たりばったりにしては思いやり、少しはあるんじゃないの？」

「それはありがとう」

「あら、どうして花恵さんがお礼言うの？」

「一応晃吉は、おとっつぁんの弟子だから。おとっつぁんに代わって言っただけよ」

花恵がそう言い切った時、お貞はくしゃんと大きくくしゃみをすると、

「どっかであたしの噂してるのかしら？　もしかして、みたらし団子のご利益がもうやってきたのかも。どうか、いい噂でありますように」

そこに仏像でもあるかのように両手を合わせて瞑目した。

3

みたらし団子で腹をふくらませたお貞が休んでいるところに、青木がやってきた。中肉中背だが首がやや長いおかげかすっきりして見える。唯一欠点があるとしたら

切れ長の目が始終丸く寄せられることであった。鋭い光が消えて子犬のような無邪気な様子になってしまう。

「そこがまた、可愛いんじゃないの」

お貞は常に絶賛しているが、花恵は関心が向かなかった。

いつも一人で訪れる青木の後ろに、今日は十徳を着て薬籠を手にした玄庵がいた。榊原玄庵は伝馬町の罪人たちを診る牢医を務めるほかに不審死の骸の検分も任されているが、こうしたお上のお役目だけでは暮らしが立たないので、家で病人たちも診ていた。

医者に多い坊主頭を嫌って町人とも武家ともつかない髷を結っているが、日に日に白髪が増えてきていた。中肉中背の目立たないうらぶれた風貌で、十徳を着ずに薬籠も持たなければいい年齢をした寺子屋の師匠か、長屋で起居している代筆屋に見えないこともない。

「患者を待たせる所に一つ、二つ、菊の鉢を置こうと思っていたところ、青木様がこちらへいらっしゃると聞いてご一緒しました」

過剰な挨拶や世辞とは無縁な物言いをして、玄庵は売り物の小菊が並んでいる奥へと青木に続いた。玄庵と青木は客たちのために用意してある縁台に腰をおろした。

「どうぞ、ごゆっくり」

花恵は二人に茶の支度をした。

お貞は突然襷がけをして、並んでいる小菊の鉢の根元に屈み込むと、枯れ葉や虫を取り除く手入れを始めた。そうしていると不自然ではなく、青木たちの近くにいることができる。

花恵が盆から湯呑みを渡すと、

「これはかたじけない、ありがとうございます」

青木は眩しそうに花恵を見て丁寧な礼を言い、

「菊でも眺めれば閃くかもしれないと思ってお伴したんですがね」

玄庵は苦笑した。

「何かあったのですか？」

全身を耳にして近くにいたお貞は訊いてしまった。

玄庵は無言であったが、

「実は市中で付け火が二件立て続きました。幸い小火でことなきを得ましたが、二件とも医者のところで、通塩町の沢森正海と高砂町の塚原俊道です。まだ下手人の手がかりはありませんが、医者を狙った付け火ではないかと。それでここへ来る途中、道で会った玄庵先生にこのことを伝えたのです」

青木はずっと頭にあったのだろう、すらすらと経緯を説明した。

「正直、医者に診たて違いは付きものです。医者なら誰しも、命を救えなかった患者の身内から恨まれていて不思議はありません。わたしなんかも死罪を言い渡される者や、牢での暮らしに耐えきれずに亡くなる罪人も多数診てきているわけですから、遺された者たちに真っ先に恨まれてもおかしくはないのです」

「奉行所内では医者を狙った盗賊の仕業ではないかという話も出ています。もしかしたら、独り暮らしの玄庵先生のところも狙われるかもしれないと気が気でないので、三晩ほど泊まることにしたんです。しかし、三晩のうち中の一晩はあいにく宿直です。わたしが宿直で玄庵先生のところに泊まれない日のことが案じられ、ふとここを思いつきました」

青木の目は小菊鉢の列の間に丸くなっているお貞の背中にじっと注がれた。

——青木様は小菊鉢を見ているのではない。これって——

花恵は我が事のように胸が鳴った。

「お貞さん」

青木の呼びかけに、

「はいっ」

お貞は跳ねるように立ち上がり直立不動になった。

「お願いがあるのですが、わたしに代わって玄庵先生のところに泊まってはいただけませんか？　玄庵先生から、お貞さんのお力はよくよく聞いています」

お貞は真っ赤に頬を染めて、言葉をすっかり失ったかと思いきや、

「え、もちろんです、お見込みいただきありがとうございます」

青木と玄庵に向けて何度も頭を下げた。

「盗賊だとしたら、下手人は一人とは限らないので、青木様が泊まられる時にも合力でお貞さんも泊まれば、守りは万全ではないかと――」

花恵は、お貞の加勢をしようとここぞとばかりに、下心のある提案をした。

「そうしていただければなお有難い」

青木は別の想いも籠った感謝の眼差しを花恵に向けた。

「わたしはお貞さんがひとりで泊まらなくてはいけない日に加勢させていただきます」

花恵が付け加えると、

「それは、わたしの泊まれない日——ということですか」

青木はこの日まだ見せていなかった子犬の目になったが、

「ええ」

花恵は明るく頷いた。

「このたびは世話をかけます」

何度も礼を言った玄庵は、迷いに迷って白と黄の小菊鉢をもとめた。

「わたしはまた日を改めて」

青木は買い物を先延ばしにして、帰っていった。

4

花仙の客の一人として有名なのは、静原夢幻（しずはらむげん）という役者並みの大人気で知られている活け花の師匠だ。夢幻は門人の数で一、二を争う活け花の静原流の家元の庶子で、それゆえ力はあっても後は継げず、市井での活け花伝授による人気と権勢に止まっていた。

夢幻ほどになれば活け花に用いる切り花についても一家言ある。そんな彼に見込まれた花恵は、十日に一度、切り花を届けていた。いつもなら、すぐに、「届けられたあなたの野趣にして可憐な花に、幼き日、川辺で遊んだ思い出をなつかしく見ることができました。ありがとう」といった文が返ってくるのだが、このところ、一月も何の文も届けられてこなかった。

――菊のせいだわ――

今時分の初秋から市中を埋め尽くす勢いで咲き出す菊は種類が多いだけではなく、霜が下りる頃まで咲き続けている。どんな種類の菊でも入手は易しいのだが、花仙ではあえて鉢物の丁字菊二種と小菊二種、秋牡丹と称される秋明菊しか育てて咲かせてはいない。夢幻には菊は秋牡丹だけにして、庭の飾りに育てていて、乞われれば切り花にしても売る萩や薊、桔梗、竜胆、女郎花等を主に届けていた。

菊の時季、華道界では染井の菊人形等の華麗な演し物と好むと好まざるとにかかわらず、二月半ほどぶっ続けで張り合うことになる。夢幻とて例外ではない。

「静原夢幻が、菊だけを使った活け花会を催すんだって。何でもどこでやるかは前の日まで教えないんだそうです。目立ちたがり屋の夢幻らしいよね。この話を親方にしたら、『それには絶対菊の大物が要るはずだから、これから毎日、わしんとこにある大菊、花恵のとこへ届けろ』ってことに。さすが、先が見えてる」

変わらず晃吉の舌はすべすべした油で濡れているかのようだった。

「夢幻の活け花会はどこで開かれるんだろうって、瓦版屋が書き立てて皆の噂になってる。当日は門前市をなして盛会間違いなし。当然、どこで売られてる花を天才夢幻が使ってるかってことにもなって、この花仙の名も知れる。そこが肝だって親方はわかってるんだよね。親方って自分の欲はどうでもいいようなとこあるけど、お嬢さんの成功は心から祈ってますよ」

花恵が「もう、おしゃべりなんだからっ」と叫びそうになった時、

「そういえば晃吉さん、あの恋文はどうしたのよ」

花恵の胸中を察しているお貞が話に割り込んできた。

晃吉の目がぱっと輝いた。お貞の助けで、花恵は甘酒を取りに厨へと逃れた。

「このところ、文はないんだけど、栄菊屋の最中(もなか)が当世菊之助晃吉様へなんて書かれて届けられたりする」

「そりゃあ、気が揉(も)めるわねえ。そんなにもてちゃあ、あんたみたいな男は誰か一人を一途に想ったことなんてないんじゃない？」

「そうかなあ」

晃吉の声が憂鬱にくぐもった。

「そうよ」

「そうでもないつもりだけど」

「自分でそう思いたくないだけさ。男でも女でも、自分しか好きじゃない奴なんて塵芥(ちりあくた)だから」

お貞の声がぴしゃりと相手の頬を打つ平手打ちさながらに聞こえた。

「お貞さんだって、青木の旦那とのこと、全然進まなくてほんとは相当まいったりしてないのかい？　俺ね、やっぱり、相手に想われなくていい一途(いちず)な献身愛なんて信じらんない。想えば想い返してほしいもん。想っても想っても甲斐(かい)がないって認めるの辛いから、一途な愛なんてことで自分を誤魔化してるだけなんだから」

必死に言い返す晃吉に、花恵はそっと甘酒を手渡した。

玄庵宅での見張りを無事に終えた花恵とお貞だったが、お貞と青木の距離はあまり縮まることはなかった。

「俺、このままじゃ、人を好きになる資格なんてないんじゃないかって――誰か教えてくれないかなあ」

晃吉は泣き声になったが、

「そういうの、教えられてわかるもんじゃあないよ」

お貞は言葉とは裏腹に優し気な口調になった。

「もっとも俺なんかはそんなの辛すぎて耐えらんないから、とりあえずは恋文自慢でモテ吉してんだけどさ。どの花摘んだらいいか迷うモテ吉も辛いねえ、お後がよろしいようで――」

にやりと笑って戯けてみせた。

「想いを花摘みに喩えるのはいただけないわね。おとっつぁんが聞いたら破門ものよ」

花恵は叩きつけるように言い、晃吉は〝しまった〟という顔をして「そいじゃ、俺」と小さく呟いて背中を見せた。

この後お貞も裏木戸から出ていき、一人になった花恵はふうと大きなため息をついて、明日、夢幻のところへ届ける花を選びはじめた。

――大きな活け花の会をやるのだそうだから、やっぱり、おとっつぁんが届けてくれている大菊にしよう――

今日、晃吉が運んできたので、実家で作っているほぼ全種類の大菊が揃った。

花恵は父が丹精している大菊にしばし見惚れた。話に聞く大奥の方々のよう――それにしても大菊は豪華絢爛の極み。厚物と言われるのが最もよく知られている大菊で、舌状の花が無数に中高に集まって毬のように咲く。白色の厚物は乙女の清楚さそのもので、黄色は活力に溢れた若者を想わせるのだ。

この厚物を改良した厚走りは下方に向く舌状花、走り弁に限って放射状に伸びている。特に薄紫色の厚走りは、結い髪の下にくっきりと美しい襟足を持つ女のような艶っぽい風情がある。

管物は舌状花が管状になった咲き方をしていて、管弁は外側と下側が長く、中心部に近づくにつれて短くなる。深紅の管物にはヒトデにも似た妖(あや)しい女の色香が漂っているかのようだ。

そして厚物と厚走りが絶妙に取り入れられているのが大摑みである。太く改良した舌状花を両手で摑み上げたような形に咲かせていて、盛り上がりの下部から管状の走り弁が放射状に四方に広がっている。育て方によって摑みの形がさまざまで、ただの美人ではなく、個性的な美しさが追求される。

厚物、厚走り、管物、大摑みとは全く異なる花姿をしているのが一文字である。一文字は大菊の中でも唯一の一重咲きで、十六枚前後の幅広の平たい花弁が花芯から平らに咲く。自然のままでは舌状の花が垂れ下がってしまうので、輪台(りんだい)と呼ばれる台紙で花の裏から支えて咲き続けさせる。古典的な美人の世話は手間ひまこそかかるが、誰が見ても美しいと得心させられる。

――おとっつぁんの大菊は完璧。染井の植木屋の肝煎として、菊作りの名人にだって負けないという意気込みで育ててきたんだもの――

花恵は名人芸の賜物である管物大中小三種と、輪台さえも舌花弁のように工夫されている一文字菊を夢幻のために選んだ。

——厚物、厚走り、管物、大摑みは一文字ほど厳しい決まりがないから、きっと、江戸中の花屋や植木屋だけではなく、菊好きのご隠居さんなんかも認められたくて、夢幻先生のところへ持ち込んでいてもおかしくないし——

まずは花恵は二色の一文字菊を選んだ。一色は黄色の花芯から着物の裾のように白のぼかしが始まり、濃桃色の舌状花十六枚につながっているもの、もう一色は花芯の黄色がこぼれたかのように黄色が広がり、橙(だいだい)色の花弁にぱっと明るく目に飛び込んでくるものであった。

——意外に楽しい気持ちにさせられるのは黄色と橙色の方なのね——

管物の方は豪華で気品のある様子の白色の太管(ふとくだ)、真っ赤な彼岸花に似てなくもない妖艶な間管(あいくだ)、秋の弱まりゆく日差しを想わせる繊細優美な黄色い細管(ほそくだ)に花恵の手が伸びた。

——こうやって見てみると、花そのものはただ無心に咲いているだけでも、活け花となると、その美しさを美しい人に喩えて讃えることになるのだわ。夢幻先生、いつも美しい人たちを見つめたり、どこかにいるかと探したりしているのでしょうね——

そう考えただけでも、花恵の胸は揺れた。

花恵は重苦しいその想いを背負い込んだまま、一文字と管物各々の菊を、大伝馬町の稽古場も兼ねている夢幻の屋敷へと届けた。

「これは、これは」

夢幻の身の回りの世話一切を仕切っている彦平が笑顔で迎えてくれた。彦平は玄庵より年配には見えるものの、動作がきびきびしていて常に穏やかなので皺の多さも気にならない。

今日もきっと夢幻には会えない。そうは思うものの、

「夢幻先生はお変わりありませんか？」

花恵は訊かずにはいられなかった。

「大会が近づいているので寝る間も惜しんで精進しておられます」

彦平は前と同じ言葉を口にして、

「いかがです？　いつものところでお休みになっていかれては？」

やはり変わらない労い方をした。花恵は彦平について屋敷の裏手へと回った。

——もしかすると——

裏手にある土蔵には地下があり、そこは夢幻の秘密の城であった。出入りしたことがあるのはお貞、そして花恵だけのはずだ。

「さあ、どうぞ」

彦平はここでしか飲み食いすることのできない茶と兵糧丸(ひょうろうがん)を振る舞ってくれた。牛の乳（牛乳）を加えて作る独特の茶がまず一種。もう一つは夢幻の故郷伊賀で食べられている兵糧丸で、薬草をはじめとして、クコや木の実等何種類もの滋味豊かな食材が入った優れもので、元は忍者の非常食だと聞いていた。独特の茶の方は長崎から入った紅茶という代物で、これには砂糖と牛の乳が欠かせない。

「何でもどこで催されるか前日まで秘密にしての会だと聞きました。夢幻先生お一人のお作が並ぶ会なのですか？」

花恵は訊かずにはいられなかった。

「旦那様はできればお弟子さん全員の作をとお考えになっておられます。その上、お弟子さんでなくともいいものであれば並べて多くの方々に見ていただこうともおっしゃって、市中広くから作を集めておいでです。それでこのところこれほどお忙しいのですよ」

聞いた花恵は頭をどんと殴られたかのような衝撃を受けた。

――どうして、わたしにそのことを報せてくれないのだろう？　わたしだって、おっかさんに習って少しばかりは活け花の心得があるのに――

花恵の菓子楊枝を持つ手が止まった。

気がついた彦平は、

「それにしても立派な一文字と管物の菊でございますね。これほどに寸分違いなく作れる者はそうおりますまい。さすがです」

丁寧に花恵の持参した菊を褒め、

「何でも市中で付け火が起きているとのことでございますね。青木様が見廻りにいらして、小火で済んでいると知らせてくださいました。けれども、真の目的は金目の物を探して奪うためで小火は方便、下手人は盗賊だと考えるといつ、ここが狙われるかもしれず、おちおち枕を高くして眠れません。早く下手人がお縄になってほしいものです」

花恵の浮かない様子を気遣いながら、世間話で締め括った。

5

——ああ、今日もまたお会いできなかった。夢幻先生は数多いお弟子さんたちだけではなしに、先生に憧れて自分の活け花を持ち寄る方々にもお会いになっているのだろうから、たしかにお忙しくしておいでなのだ——

花恵は自分に言い聞かせたものの落ち込んだ気分が晴れず、花仙への足取りは重かった。

伊勢町まで来たとき道浄橋(どうじょうばし)の袂(たもと)に蹲(うずくま)っている人の姿が見えた。急いで近づくと、蹲っているのは、花仙を訪れて深紅の丁字菊をもとめた、あの老爺であった。着ているものは泥で汚れてはいるがあの時の灰色がかった縞であった。

——間違いない——

「どうされました？」

花恵は尋ねた。このような姿になってもなお、その老爺には話しかけにくい煙幕が張られていた。

それでもしばらくの間、老爺は無言で肩を撫でさする花恵に逆らわずにいた。そして、渾身の力を振り絞るかのように右手の人差し指で前を指さすと、立ち上がろうとしてひっくり返った。

慌てて花恵は助け起こすと、老爺の腕を取って支えた。老爺にはもうそれを拒む力は残っていなかった。痩せていて驚くほどの軽さだった。

――こんな身体で――、きっと〝だらだらよろず明神〟へお参りしようとしていたところだったのね――

だらだらよろず明神は神社でも稲荷でもなく、いつの頃からか誰かが言い出した万人の光明であった。身分の貴賤なく、時季の花を供えて参りさえすれば救われるとされている、大きな二本の榎がご神木だった。

「さあ、着きましたよ」

花恵はそびえるように生えている二本の榎の前で、老爺をそっと座らせた。その際、弾みで懐から萎れて干からびかけた深紅の丁子菊一輪が落ちた。

――鉢植えは持ち歩くには重すぎるから、花仙で買い求めた鉢植えから切り花にしたのね――

　この時、老爺は半ば閉じていた両目を一瞬かっと見開いて、深紅が黒ずんだ丁字菊と二本の榎を交互に見据えると、「これでは駄目だ」と絶望に満ちた乾いた声を出すとすぐに俯(うつむ)いた。花恵は丁字菊を二本の榎に供えて、老爺の代わりに手を合わせた。

　老爺が何の救いを求めたのかわからないまま、この後花恵は老爺を再び支えながら、罹(かか)っている病の治療をしてもらおうと玄庵のところへと急いだ。折よく、小伝馬町への往診に出かけていなかった玄庵は、老爺の身体を横たえて、脈や呼吸、胸部や腹部を診た後、

「この患者の命はもうそう長くない。肺の臓の加減が酷(ひど)く悪く、心の臓がいつ止まってもおかしくない。ただし、治療次第では命をより長く保つことはできる」

　きっぱりと言い切り、

「名は？　名は何という？」

　病人の耳元に口を近づけて訊いた。

「佐助(さすけ)」

　老爺は弱々しく応えた。

「わたしが佐助さんにしてあげられることはありませんか？」

花恵は自然とそう告げていた。

「この患者は弱った身体に高熱が出て動けなかったのだろう。命を保つためにはまずはこの痩せ切った身体に力をつけること、食べることだ。この者にやってやれることはもはや、身体が受け付ける食べ物を身体に入れてやることに尽きる。が、その前にしなければならぬこともある」

玄庵は大盥（おおだらい）に湯を注いで井戸水でぬるくすると手拭（てぬぐい）を浸して絞り、気を取り戻した佐助の身体を拭きはじめた。

「五臓六腑と肌は関わりがないと思われがちだが、それは違う。肌の垢（あか）は悪い病の温床になりがちで、持病を悪化させることさえある。常に清らかに保たねばならない」

「お手伝いいたします」

花恵も手拭を絞った。

この後、玄庵は野良猫が出入りしている厨で、

「実はわしもこれだけはできる」

卵粥を作って佐助に食べさせようとしたが、無言で無表情の佐助は何度となく匙を向けても口は開かなかった。

「これでは自ら餓死を望んでいるかのようだ」

玄庵はふうとため息をついた。

「厨で活きのいい太った秋刀魚、見つけました。珍しく煮売りじゃないもので夕餉をされようとしたんですね」

花恵は秋刀魚に目を付けた。

「かど飯だけはね、売り物にならない痩せた秋刀魚を貰って作るせいか、煮売り屋のでは駄目なんだ。それにかど飯は市中で作らない家はない、この時季ならではの安い御馳走だから」

「それじゃ、今夜はそれにしましょう」

秋刀魚は豊富な脂が匂いの強く青い煙になるせいで、どこの家でも厨の中では焼かず、家の外である庭等のかどで七輪で焼いている。そんな焼き秋刀魚のほぐし身を醤油、酒、味醂、生姜汁、昆布で炊いた飯にさっくりと混ぜるのがかど飯であった。

これに粉山椒をかけるとなまじの鰻飯より美味いという向きもあり、大根おろしを載せるとこれ以上の美味さはないとまで言われている。

花恵は意気込んでかど飯を作った。

――これもおっかさん伝授なんだから、もう絶対最高のはず――

花恵は膳にかど飯を載せて病臥している佐助の元に運んだ。

驚いたことに佐助は起き上がっていた。運んできたかど飯にじっと目を据えている。その目は潤みきっている。花恵は膳を佐助の傍らに置いた。口元から涎が一筋滲み出ている。

――よかった。秋刀魚、かど飯、好物なのね。やっと食べてくれる――

「さあ」

花恵は指や甲まで痩せて皺だらけの手に箸を握らせた。だが、箸は指の間からするりと落ちた。もう一度握らせようとすると、

「なんねえんだよ」

佐吉はまたかっと目を見開いた。

「なんねえもんはなんねえんだ」

つかの間見開いた目から力が失せて、滂沱の涙が滴り落ちると、

「このまま死なせてくれ」

ぽつりと告げた。

花恵は佐助の容態が少しでもよくなってほしいと願わずにはいられなかった。

――玄庵先生はもう助かる見込みなどないと言っていたけど、伊賀忍者の末裔で独自の秘薬に通じている夢幻先生や彦平さんなら、もしかして、肺の臓を健やかに戻してくれる秘法を知っているかもしれない――

6

翌日、花恵は野紺菊の切り花を手にして夢幻の屋敷へと向かった。これは野菊の代表格ながら、鉢植えにして売っている小菊とは異なる。花仙の庭の裏手には、ごくごく小さな花芯を白く平たい舌状花弁が取り囲んでいるものと、同じ黄色い花芯が紫がかった濃桃色の舌状花弁に取り囲まれているもの、二色の野紺菊が混然と咲き乱れている。

その他にも大きめの黄色い花芯を、各々、微妙に濃桃色の色合いが異なる平たい舌状花弁が取り囲んでいるだけではなく、さらにもう一層、白とか黄色とかの短い舌状花弁が外側をぐるりと丸く取り囲んでいたりする、小菊の数々が植えられていた。

こうした裏手での小菊植えは花恵の好みであった。どうしてもと言われない限り、裏手へは客たちを案内することもない。また、他所(よそ)の花屋等で見初めた鉢をもとめて根付かせたことはほとんどなく、市中の路地や空き地で目に留まるとつい、掘り取って持ち帰って植えてしまう。まだ花は咲いていないこともあった。

そんな小菊の一種が野紺菊であったが、訪れた際、何度かに一度は万年青(おもと)棚の前を通る、晃吉には隠すこともできず、

「たしか京の詩仙堂(しせんどう)に群れているって聞くたいした小菊ですよ、これは。こんなに沢山咲いているのを見たのは初めてだな。野紺菊は男の菊神様で、お嬢さん、すっかり好かれちまったのかもしれないなあ――」

得意満面に言ってのけられたこともあった。

ちなみに万年青はその葉の形が刀に似ていることから、長きに亘(わた)って葉の改良が

競われている。家康が愛でた園芸種でもあった。そして、父が染井の生家はもとより、花恵の花仙の一隅にまで万年青棚を造らせて、さまざまな万年青とそれに合った豪奢な鉢を晃吉に運ばせて並べさせるのは、徳川将軍への忠誠こそ、花恵と花仙の成功につながると信じているからであった。

また、詩仙堂の名の謂れは、中国の著名な詩家の肖像が掲げられている「詩仙の間」からで、徳川家康の近侍であった石川丈山が隠居後、長寿を全うするまで詩歌三昧の余生を送った風流山荘として名高かった。庭園造りの名手でもあった丈山自身は、草木等四季折々の風情が楽しめる典雅な庭園をも造りあげていて、これもまた、風流好みには垂涎の的であった。

夢幻の屋敷ではいつもと同じように彦平が恭しく迎えてくれて、

「ご苦労様でございます」

そっと花恵から抱き取った花束に目を細めた。

「白と薄紫桃色の色違いとは夫婦のようで、温かな風情の野紺菊でございますね」

褒めるのも忘れずに、土蔵へと案内してくれるのも変わりはなかった。

——用もないのに夢幻先生にお会いしたいなんて、果たして、わたし、言えるかしら？――

花恵は胸の辺りが重くなってきた。忙しい夢幻に彦平から取り次いでもらったとしても、「今日はご無理だそうです」と断られたら、どんなに心が乱されるかしれない。

――いいえ、今は断られるに決まってるわよね。そうしたら、わたし、明日から笑顔で花を売ることなんてできそうにない。それだけは駄目――

そう思い詰めた花恵の足は地下の廊下の途中で止まった。

――いつもの場所で紅茶とかいう飲み物と兵糧丸をいただいたら、思い余ってわたし、会いたいいって彦平さんに頼んでしまうに決まってる――

ここは茶菓を断ろうと決めて踵(きびす)を返したところで、

「何か落とされましたか？」

気がついた彦平に訊かれた。

「わたしがお探ししますから、花恵さんはどうぞお先に。お貞さんもおいでになっておられますから」

「まあ、お貞さんが」

　夢幻と花恵が出会う前、お貞はすでに夢幻と知り合いであり、彼の人助けに力を貸していた。それでも、お貞は命がけで闘ったあの時の話を忘れ去ったかのように口にしない。あえて黙っているというよりも、なかったかのように忘れている。夢幻のことすらも、自分からは話題にしない。

　死闘ともいえるあの時、夢幻は蝶のように宙を優雅に飛んで悪漢を成敗した。類い稀な活け花の才と花にも喩えるにふさわしい容貌が、夢幻の柔であるならば、悪漢退治の際の逞しさ、人離れして秀でた闘い技の数々は剛そのものだった。花恵は、またお貞が何か夢幻の人助けに協力しているのだろうかと思いを巡らせた。

「あら、花恵さん、ちょうどいいところに来てくれた」

　にこにこと笑って迎えたお貞は、花仙を訪れる時と寸分変わらぬ様子であった。

「やあ、しばらく」

　隣には、いつもと変わらない夢幻がいた。

　彦平が花恵からだと言って野紺菊を差し出すと、

「綺麗な花をいつもありがとう」

　夢幻が微笑むと、花恵は久しぶりの邂逅に感激で胸がどきどきしてきた。

彦平が花恵の分の茶菓を持ってきて、部屋から下がろうとすると、

「待って、座って。彦さんがいないと話が進まないのよ」

お貞が彦平を席に着かせた。

「彦さんから聞いたんだけど、とうとう捕まったのよ、付け火の下手人」

「かねてから、わたしは盗人ならこの屋敷を狙いかねないと思っておりました。ここは構えがそこそこいいですし、旦那様の名は世間に知れわたっていて、断らねばならないほど押し寄せるお弟子さんがいることもわかっています。お弟子さんの中にはお大尽やお大名もおられます。旦那様にとの付け届けもかなりのものと思われているはずです。実はよほどのことでもない限り、旦那様は受け取らずお返ししているのですが――」

ちらりと夢幻の方を見た。

「人はとかく足るを知らぬものゆえ、自戒しているのです」

夢幻は真顔で言った。

「そんなわけで、わたしは昨夜も寝付けずにおりましたところ、厨の方で物音が聞こえました。老齢(とし)ですが耳は生まれつきしごくいいのが自慢です。急いで駆けつけ

ると枯草が持ち込まれて燃えていたんです。慌てて小火のうちに消そうとした時、後ろから襲われまして――」

続けた彦平は鬢を持ち上げて傷跡を見せると、

「不覚にもその場で気を失ってしまいました」

深く頭を垂れた。夢幻が慰めるように、そっと彦平の肩に手を置いて続きを語った。

「わたくしにも物音は聞こえて、人が動いた気配を追うと蔵へと行き着いたんです。巧みに蔵の錠前が外されていましてね。中へ入ると若い男が呆然と立ち尽くしていて、手に錠前屋が使う鍵外しの道具を持っていたので、こいつが付け火の下手人だと。奴は『この屋敷のお宝はどこだ？』とわたくしに迫って鍵外しの道具をじゃらつかせてきて。こうなるとわたくしも立ち向かうしかなくなり、素手で五度ほど下手人の身体を蔵の土間に叩きつけました。これ以上重ねると命までなくなるという手前で、気がついた彦平が駆けつけてくれたのです」

聞いていた花恵は夢幻やお貞と一緒に死闘に加わったこともあり、

――相手が夢幻先生ですもの、楽勝だったはず――

と夢幻の勇姿がたやすく想像できた。

「その下手人の名は〝ぺんぺん草の三治〟。ぺんぺん草のようなケチなものばかり狙う盗っ人です。捕まえて青木様が来るまでの間、三治に訊いたんです。どうして医者ばかり立て続けに二軒も狙ったのかを——。そうしたら、『このところ食うものにも困っていた。それで金持ちだと評判の塚原俊道のところを狙った。付け火で慌てさせておいてお宝をいただくつもりだった。ところがなぜか燃え盛ってた火が消えちまって、上手くいかなかったんで、もう、医者んちは験が悪いから止めることにした。代わりに菊の活け花大会を開くってことで、今、あっちこっちで噂になってる静原夢幻の屋敷に決めた。花なんかを活けてて、女たちにもてはやされてるふにゃついた奴で、用心棒を一人も雇ってないっていう話だし、こりゃあ、赤子の手を捻るより易しいと思った。ところがこの有様だ』と泣きながら言ったのです」

彦平は首を傾げながら、言い終えた。夢幻は苦笑しながらも、彦平と同じようにすっきりしない様子で語った。

「このままですと、ぺんぺん草の三治は盗みのために三軒も繰り返したとされる、付け火の重罪を問われるでしょう。特に命の守り人である医者ばかり二軒狙った罪は重い。そうなると小火で終わった事実に御慈悲は施されず、まず、打ち首は免れますまい」

お貞は、夢幻の言わんとすることがわかっているかのように、深く頷いている。

「これが本人の言う通り、医者一軒の付け火だけであれば、小火に終わったこともあり、何とか命をもって償わされずに済みましょう。この場に際して、三治も嘘は言っていないとわたくしは信じますが、その真偽の程を青木様には探ってもらっています」

お貞と花恵の顔を交互に見ながら語った。

花恵はようやく会えたこの機会だからこそ、夢幻に思い切って佐助のことを相談してみようと思った。

「お貞さんとわたしが、しばらく玄庵先生のところでその三治が襲ってくるかと思って、青木様の代わりに見張りをやったんですが、その間は何事もなかったのです。けれど、いま、玄庵先生のところに心配な患者さんがいらっしゃって、わたしはそれが気がかりで……」

花恵が事の顚末（てんまつ）を話し終えると、夢幻はゆっくりと口を開いた。

「わたくしの知る限りでは伊賀に伝わる食餌医療をもってしても、肺の臓に根付く病は治せまいと思います。こうして皆で食べている非常食の兵糧丸も飢えを充たし、病を退ける効能しかありませんし――。どうだ、彦平？」

彦平を見遣った。

「残念ながら、あの織田信長に伊賀の里が襲われて多数の者たちが殺された時、伊賀に伝わっていた秘伝の医薬書も焼き捨てられたと聞いています。ですので、医薬に熱心だった権現家康様の御加護を得て今まで進んできた漢方と、渡来の蘭方の長所を重ねたものが今は一番の治療法です。蘭方の手術とやらをもってしても、肺の臓を開くことなんぞできはしませんので、玄庵先生のお診たて以外のお答えは出せません」

彦平はため息をついた。

「わたくしは常から人は死を望まぬものだと思っています。武家は潔い自害を良しとしているようですが、そもそもそんな心構えや覚悟が要るほど自害は大変なものなのでしょう。だから、その行き倒れの佐助とやらがたとえ不治の病に陥っていても、死にたいと言って、治療のうちの食べ物を拒むのは不思議なことだと思います。

しかし、花仙でもとめた菊を供えようとしたのなら、佐助には、この辺りのことをわかってやる者がいなければ、安らかな死は訪れないのではないかと思います。生きることは死ぬことで、死ぬことは生きることなのですから。もう先のあまりない佐助の心に寄り添ってやるのがまずは治癒の一つになるのではないでしょうか」

花恵は夢幻の慈愛に触れて、佐助の悲しみはどこにあるのか、自力で探ってみようと思った。

7

こうして花恵はお貞と協力して、佐助の身辺を一緒に調べることとなった。

「たしか玄庵先生が名前と一緒に住んでいる所を聞いてたわ。えーっと瀬戸物町(せとものちょう)の宇兵衛(うへえ)長屋だった気が――、大丈夫、間違いない」

付け火の真相も大事だったがぺんぺん草の三治のお裁きは、今日明日ではないと青木から聞いた二人は、瀬戸物町へと向かった。途中、

「残念だわ」

「残念すぎる」

「残念」

繰り返すお貞に、

「佐助さん、助からないんですものね」

てっきり佐助の話をしているのだと花恵は思ったが、

「あ、あたしとしたことが」

お貞は立ち止まって、

「残念なのは付け火の下手人が捕まっちゃったことよ。捕まらなければ青木の旦那ともう少し、玄庵先生のとこの夜の見張りができたのに――」

複雑な表情になった。

「旦那がいる時に玄庵先生のとこを訪ねたわけじゃないわよ、家の近くで旦那を待ってただけ。待ってて後をずっと尾行(つけ)てて、一度だけばったり会ったふりした――。ほんというと並んで歩けてとってもうれしかった」

お貞は肩を落として俯いてしまった。

宇兵衛長屋に着くと、かみさんたちが井戸端で集って洗濯に精を出していた。

「あたし、ああいう女たち苦手。花恵さんお願い」

お貞は木戸門の近くにある銀杏（いちょう）の後ろに隠れてしまった。花恵が木戸門を潜ったとたん、井戸端のかみさんたちが一斉にこちらを見た。花恵が立ち止まると元の位置に顔を戻して、

「近頃の若い娘ときたら礼儀知らずだねえ」

白いものが目立つ長老格の老婆が呟くと、

「勝手に入ってきちまうんだから」

赤子を背負い、七歳ほどの女の子に井戸水の汲み上げをさせている大年増が相づちを打ち、

「同じ若いもんとして恥ずかしいです」

臨月の腹を突き出している若いかみさんが詫（わ）びた。

「あの、実はわたし、八丁堀で花屋を営んでおります花恵といいまして――」

花恵は住人の佐助についての話をした。菊の花を買ってくれたのが縁で、道浄橋で蹲っているのを見つけたこと、今は知り合いの医者が診ていること――。

「へーえ、あんた、若いのに感心だね。花を一度買っただけの客にそこまでするとと

はさ」

　長老格が目を細めると、

「今時珍しい話だよ」

　赤子を背負った大年増がにっと笑った。

「よかった、よかった」

　若いかみさんは繰り返し呟いた。

「佐助さんについて知りたいって？」

　大年増は花恵に念を押した。

「ええ」

　花恵が大きく頷くと長老格は、

「あたしはこの通り、若い頃から、端裂(はぎれ)や簪(かんざし)なんかを売り歩いてて、何とか暮らしを立ててずーっと独り者なんだよ。寂しくないかって同情されることもあるけれど、なまじ家族を持って幸せを味わってから悲しい目に遭うよりはましだと、あの佐助さんを見ていて思うんだよね。佐助さんは腕のいい煙草職人でさ、奉公してた煙草屋を自分で工夫したかんな刻み機で江戸一にしたんだって。佐助流は煙草の葉を刻む機械から拵えて、その機械で刻んだ煙草を煙管で吸ってみるっていう、凝りに凝ったやり方なんだって。もちろん稼ぎもよくて好いた女と所帯を持ったんだそうだけど、その女房は男の子を産んですぐ死んじまった。その男の子を育てて一人前にして嫁を貰い、孫ができたのはいいけど、二人とも流行病であっけなく——。それでも、孫の男の子は生きる糧にはなったんだろうけど、よりによって、あんなことになっちまっちゃあねえ——」

両目を手拭で押さえて洟を啜った。

「あんた、あんたも知ってるだろ。話してやって。あたしはもう話せやしないよ」

長老格に促された若いかみさんが腹を支えながら立ち上がると、

「佐助さんのところのお孫さんは佐吉といって、十歳の可愛い盛りだったよ。明るくて素直で手習いでも褒められることが多くて、自慢の孫で。ところがこの子が春先に流行った疱瘡で死んだんです。佐助さんは医者に絶対に助けてくれと言って、煙草屋奉公で貯めていたお金のほとんどをその医者につぎ込んだっていうのに——。佐助さんは医者が自分のところへ引き取って治療してくれているのだから、助かると信じ切っていたというのにです」

佐吉のことを思い出しているのか、

「そのことがあってから、あたし、この子のことが心配でならなくなるんです。いつ何時何があってもおかしくないのが子どもでしょう？　生まれる前に死んでしまうかもしれない、産む時あたしが命を落とすかもしれない、生まれても育っても佐助さんのお孫さんみたいになるかもしれないって思うと、何かもう、不安でたまらなくて——」

襟元から安産祈願の守り袋を取り出してぎゅっと握りしめた。

すると後ろに立ったまま、赤子に乳をやっていた大年増が、

「大丈夫だよ、大丈夫」

声を掛け、

「そうさね、あの佐助さんみたいに家族運がない人は珍しい。滅多にいるもんじゃあないんだから。お孫さんの四十九日を終えた頃、佐助さん、『もう、生きてるのは嫌だ』って、首を縊りかけたのよ。それまでも長屋の皆が心配して差し入れしてもろくに食べてもいなかった。幸い、大事にならないうちに見つけたんだけど、それから少しして、その時までの店賃、きっちりたたんだ布団の上に置いて出てっち

まった。もちろん、奉公先はとっくに辞めてた。皆は口に出したりはしなかったけど、一人どこかで骸になってるんじゃあないかって思ってたはず。でもよかった、生きてたんだね」

長老格は立ち上がって若いかみさんの突き出た腹に手を当てると、

「わ、今、動いた、動いたよ。元気な証じゃないか」

労わるように言った。

8

銀杏の後ろに隠れていたお貞と合流した花恵は、佐助に次々と降りかかった家族の悲劇について話した。

「自分が一番辛いなんて思っちゃ、罰が当たるね。この世にはもっともっと悲しく辛い想いをしている人っているんだから」

お貞は声を詰まらせていた。花恵にも辛い時があったが、慈しんでくれる父がいた。しかし、佐助には誰もいない。花恵は家族の有難さを思い知った。

二人の足は、自然と玄庵のところへ向かった。病臥している佐助は枕元に座った二人の方など見ようともせず、眠ってもおらず、ぽかりと虚ろな目を開いて天井を見ていた。

「相変わらず何も食べようとはしない」

玄庵が首を横に振り、

「処刑が決められた罪人でさえ、束の間を生きようと飯を食い、病の苦痛を癒そうと治療を受ける。それなのに、このような形での餓死は緩やかな自害に等しい。医者にとっては切ないばかりだ」

悔しそうに唇を噛んだ。佐助の過去を知ったからといって、花恵とお貞はなす術が見つからなかった。

「お邪魔いたす」

戸口で青木が訪い(おとな)を告げた。玄庵は青木を薬処へ通し、二人も佐助の枕元を離れた。

「お貞さん、佐助さんのお孫さんを預かったお医者が誰だったか、青木様なら調べていただける、お話しして」

花恵はお貞と青木の間が縮まるいい機会だと思い、お貞に耳打ちした。

「それは直に長屋のおかみさんたちから話を聞いた花恵さんからの方がいい。大事なことだし、第一あたしからじゃ、また聞きだもの――。いいのよ、気にしてくれなくて」

お貞が意外に大きな声で返事をしたので、大事なことという言葉が青木の耳に洩れ入ってしまった。

「大事なこととはいったい何なのですか？」

青木は生真面目がすぎるあまり、やや険しい目をお貞に向けた。花恵は取り繕うこともできず、仕方なく佐助についての話をした。

「それなら沢森正海か塚原俊道のいずれかであろう。七歳までは神のうちと言われているように、せっかく生まれた子どもらは病に罹って亡くなることが多い。特に誰でも一度は罹ると言われている疱瘡は死ぬか、生きるかの大病で、子どもを持つ親たちにとって疱瘡ほど怖いものはない。せっかく授かった我が子を失うかもしれないのだからな。この病の流行りに乗じて、大儲けする医者たちもいる。なかでも沢森正海と塚原俊道は自ら疱瘡医と名乗って、隠さなければならないほどの金を蓄えているという話だ」

「三治っていう盗人が言っていたことは本当だったんですね。大儲けしているということは薬礼が高いということですよね。命が助かったのならまだしも――、佐助さん、どんな想いだったか。生きる張り合いを失くすのも当然です」

花恵はきりきりと歯噛みした。

「疱瘡から自分の子の命が助かるのなら銭を惜しまぬ、命が助かっても膿が入って目が見えなくなっては困る、女の子ならなるべくあばたが残らぬように治療してほしい等、親たちの子を想う気持ちは限りがないゆえな」

玄庵も悔しそうに呟いた。

「お金持ちの家に生まれるか貧乏人の家に生まれるか、子どもには選べない。でも、親が子を想う気持ちは同じ。人の弱みにつけこんで、金儲けするなんて許せない。いっそまる焼けになっちまったらいい気味だったのに。小火だったなんて、どこまで悪運が強いんだか」

お貞は憤怒のあまり、物騒なことを口走った。

「付け火があってからというもの、自称疱瘡医の沢森と塚原を調べていて、さすがにこれは酷いという話も聞いた」

「それは何です？」

　玄庵が身を乗り出した。

「沢森と塚原は屋敷の中に預かり部屋を持っていて、疱瘡流行の折には子どもの患者で埋まる。預かり部屋には上下があって、上は身分に関係なく大金を払って入れ、下はその半分ほどの金で入れる。長屋育ちの子どもは、上の部屋に入っていたにもかかわらず、下の部屋に勝手に移されて、治療もままならないまま、亡くなったそうだ。その子を戸板で運んで亡骸を戻した者たちが、あまりに不憫だったと重い口を開いてくれたのだ。その子をそんな目に遭わせたのは、塚原が特上を望む患者の親の希望を優先させてのことだとも言っていた」

　青木の話に、

「そんなこと、そんな酷いこと。お上は人殺しの医者を罰するのでしょう」

　お貞の目が怒りに燃えて、睨むように青木を見据えた。

「ところが塚原の言い分はその子は長屋に住んでいるから、なるべく隙間風の多い場所の方が、病と闘うのには適していると言っている。物乞いの子が疱瘡に罹ったので治療した折、金持ちの子と同じように温かな部屋で過ごさせたところ、命を落としたという事実と経験に基づいている。沢森の見解も同じだった。たしかにこれには一理ある。疱瘡治療にさまざまな高価な薬を用いるのは間違いで、この病には自然治癒しかない。そうなると、彼らの判断と配慮は正しかったことになる。罰することはできないのだ」

青木は強く言い切った。

「でも、その子の親は決して諦め切れないはずです」

お貞は毅然として言い張り、青木がややたじろいだ表情になった。

「その子の名は？　親はこのことを知っていたんですか？」

嫌な予感がした花恵は、青木に問うた。

「子どもの名は佐吉。佐吉の家族は孫の治療や世話に関わった者たちを虱潰し(しらみつぶ)に探していって、戸板で運び出した者たちに行き当たり、訊いているようだった」

「やっぱり」

頷いたお貞はすいと立ち上がると、

「旦那、お上が悪党を罰しないのであれば、孫の死にざまを突きとめたお祖父さんに会ってその悲しみがいくばくのものか、知ってください」

青木を佐助が病臥している部屋へと招き入れた。玄庵と花恵も後に続いた。

「佐助さんは、死んだ孫の佐吉のために菊の花を供えて、今でも悲しみに暮れているんです」

佐助は相変わらず虚ろな目を向けるともなしに天井に向けている。まるでそこに誰もいない、何も聞こえてなどいないように無言で、無反応だった。

「佐助さん、塚原っていう医者はとんでもない奴だったんだね。佐助さんの無念をこの青木の旦那に聞かせておくれよ」

お貞は、佐助に向かって優しく語りかけた。

「しかし、この佐助は孫の仇を討とうともしや付け火に関わっているのでは？　あのぺんぺん草の三治は、医者は沢森一軒だけでもう一軒は静原夢幻宅だと言い張っていたのも気にかかっていたのだ。おまえ、孫を金のために死なせた塚原に恨みを抱くあまり、付け火による仕返しをしようとしたのではないか？」

「そんな。あんまりよ。佐助さんは塚原を恨んでいるかもしれません。だとしても、そんなことするなんて、病持ちの佐助さんには無理よ。青木様、いい加減なこと言わないで」

花恵は摑みかからんばかりの様子で青木を睨みつけた。

「お願いだ、言ってくれ」

「もう、そのへんで。患者の身体に障りがある」

静かだが、これ以上佐助に声がけすることは何人たりとも罷りならぬという玄庵の厳しい声音であった。

「佐助さんの病は身体だけじゃない、家族を次々に亡くして、頼みの綱のお孫さんまで心ない医者の儲けの餌食になって、生きていく希望なんてもうとっくにないんだよ。あのぽっかり開いてる目にはもう何も映っちゃいないのさ。あんたは死人に話を訊こうとしてるんだよ。愚の骨頂じゃあないか」

青木をまっすぐ見つめて語るお貞に、

「だったら、もし佐助が付け火をしたとしていても見逃せというのか?」

青木はいきり立った。

「相変わらず杓子定規なんですねえ、旦那は。もし、旦那が捕り物かなんかで深手を負って死んだりしたら、女手一つで育ててきたお母様は、寝込んだきり起き上がれず、そのまま死にたいと思い詰めるでしょう。その後火事場の馬鹿力が出て、旦那を殺した相手を探そうなんてするかもしれない。今の佐助さんも同じです」

　お貞が微笑みつつ諭すように言った。花恵は、お貞が佐助の哀しみと辛さに、誰よりも寄り添っていることが手に取るようにわかった。青木の勢いも消え、黙ってお貞の話を聞いている。

「御定法に触れるようなことをしていたんだとしたら、あの世で会う家族たちに恥ずかしくないよう、自分から話すだろうとあたしは信じる。それにあんな身体ではもう、どこにも行けやしないじゃない。お役人は〝罪を憎んで人を憎まず〟であってほしいし、あたしは青木の旦那をそういう人だと一目見た時からずっと思ってた」

　お貞は頬を赤らめながら、最後の方は俯きつつ小声になっていた。花恵は、お貞の言葉がきっと、佐助にも届いているはずだと感じた。

「〝罪を憎んで人を憎まず〟か」

　青木はお貞が口にしたその言葉を繰り返したあと、何かお貞に言いかけようとしたところで、玄庵の戸口の方に訪ねる者がいた。

佐助はすでに目を閉じていて、誰の声も届いていないようで、玄庵は青木たちを部屋から出るように促した。

9

玄庵を訪ねてきたのは彦平で、夢幻からの伝言を預ってきていた。

「旦那様が今宵、皆さまと共に菊と牡丹餅の宴を開きたいとおっしゃっていまして、玄庵先生宅に後ほどお邪魔させていただきます」

「それは、わたしたちに牡丹餅を作ってほしいということですよね？」

花恵が困惑気味に彦平に尋ねると、彦平は黙って笑みを浮かべた。

——どうせなら菊の用意をさせてほしかった——

花恵は少しがっかりした。

「糯米(もちごめ)ならある」

花恵を気遣うように、玄庵は言った。青木とお貞は、先ほどのことがあってから気まずそうにしばらく黙ったままでいる。

　彦平は「必要なものはお持ちしましたよ」と包みを広げると、小豆と白砂糖、それに唐芋と黄粉、青のりがあった。

　花恵とお貞が取りかかろうとしている傍らで、玄庵が「佐助には折を見てまた自分から話してみる」と青木に伝えているのが見えた。

「今夜となると餡作りは半刻（約一時間）ほどにしないとね。乾煎りの手法で小豆餡を作るわ。時があれば茹でて小豆の渋み、アクを取り除くんだけど、今日は急ぐからこのやり方」

　お貞は小豆を鉄鍋で乾煎りした後、鍋に移し替え、水を加えて強火にかけ沸騰させた。ここで火から離し、差し水をしてから再び火にかけ沸騰させる。この後水気がなくなるまで煮た。

「指で強く摘まんで、ほら、こうして潰れるようになったら砂糖を入れるのよ。小豆が硬いうちにお砂糖入れると、硬いままの仕上がりになるんで、ここはじっくりいかないと。隠し味にほんの僅かな塩も忘れずに――」

　こうして粒餡が仕上がると、

「花恵さんはこの半分弱を漉し餡にして」

お貞はすでに厨を探して漉し器を見つけていた。

「あたしは『はんごろし』を作る」

お貞の一言に青木が目を白黒させていると、

「根気の要る漉し餡作りって結構骨折れるんです。花恵さんを手伝って」

お貞は青木に言って、炊きあがった糯米を大鉢に移すと、米粒が残る程度に当たり棒で軽くついて丸めていく。

「なるほど、それがはんごろしか」

青木はほっと息をついた。

漉し餡が出来上がったところで、お貞はすでに仕上がっている粒餡とこの漉し餡をはんごろしにまぶしていった。

「粒と漉し、どちらも牡丹餅なのですか？」

「旦那のとこではどうですか？」

「当家でも粒と漉し、母上は両方を拵えている」

「お母様はどちらを牡丹餅と呼んでおられます？」

お貞と青木は楽しそうに問答を続けた。

「たしか――漉し餡の方だったと思う。漉し餡なら病人やお年寄りでも食べることができるからと、人に贈ることが多い。そうだ、粒餡の方はおはぎ。毎年、秋の彼岸が来ると母上が作って父上の墓に供えにいくのです」

「おはぎの謂れは萩の花が咲く頃が秋彼岸だからです。春彼岸の時はどうです？」

「こっちも粒餡だがおはぎではなく、漉し餡まぶし同様、牡丹餅と呼んでいる。すると必ずしも、粒餡の彼岸餅がおはぎではないのだな」

　とうとう青木は頭を抱えてしまい、

「食べ物も人の裁きと同じで、ぴしゃりと御定法一辺倒で決めつけることはできぬということか――」

　ふと洩らした。お貞はこれには応えず、白いまま残しているはんごろしをちらと見ると、唐芋の皮を剝いて唐芋餡作りに取りかかった。

　唐芋餡も基本は小豆餡と変わらないがアク抜きは不要なので、輪切りにした唐芋を鍋に入れ、ひたひたに水を加えて、柔らかくなるまで茹でる。茹で上がったら茹で汁をきり、唐芋を潰し、砂糖と塩少々をよく混ぜ合わせる。弱火にかけて箆で混ぜながら焦がさないように煉り、鍋底に唐芋餡で線がかけるような滑らかな餡になれば出来上がり。これを残っているはんごろしの半量にまぶしつけ、あと半量のはんごろしは黄粉と青のりをまぶしつけると、白いはんごろしが小豆色の紫、唐芋色の金色、黄粉色の黄色、青のり色の青緑の衣を纏わされた。

花恵はこれらを各々大小の皿に盛り、佐助の部屋へと運んで賑やかに並べた。

牡丹餅作りのせいか、お貞と青木のぎこちなさも少し和らいでいるようだった。

夕闇と共に玄庵宅を訪れた夢幻は、深紅の菊ばかり種類を問わずに集めて、土色の萩焼に活けた花瓶を持っていた。

佐助の部屋の障子を開けて、

「宴にふさわしい色どりですね」

満足そうに花恵たちに微笑みかけた。

この時笑みを洩らしたのは、夢幻だけではなかった。何と佐助が上半身を起こして口元を緩めて無心に笑っていた。その目は夢幻が活けた深紅の菊を魅入られたように見つめている。

「赤い菊、血の色、命」

はっきりと言った。花恵たちは、佐助の変化にひどく驚いた。

「牡丹餅はぼたん餅が訛ったものだとも言います。だとしたら赤い牡丹の花を牡丹餅に喩えたのでしょうね。小豆も餡になる前は赤紫色をしていて、牡丹色ですから」

夢幻は穏やかにそう話しかけた。お貞から小皿に取り分けた漉し餡の牡丹餅を受け取った佐助は一口食べると目から熱い涙を溢れ出させている。花恵も涙が溢れそうなのを、我慢できそうになく、お貞は佐助に、

「一通り、召し上がれ」

と言って、中皿に粒餡、黄粉、青のりを載せて渡した。ほんの少しずつ味わった佐助は、泣きむせぶばかりでしばらく言葉が出なかったが、手にしていた中皿を置いた。

「食べ盛りの孫は粒餡が好きでしてね、倅夫婦は漉し餡、女房は変わっていて黄粉や青のりが好みでした」

涙声で消え入るように告げた。しばらくして、玄庵と花恵、お貞と目を合わせ一人ずつに深々と頭を下げた佐助は、青木と向かい合うと居住まいを正した。

「どうしたら孫の仇を討てるのか、それればかり考えて生きていました。佐吉が亡くなった後、治療がいい加減だったことがわかりましたが、奉行所に訴え出たところで相手にされないのは明らかでした。わたしの病は日に日に悪くなる一方です。この分ではいつお迎えが来てもおかしくないと思いました。だったら冥途で孫や倅たち、女房に会った時、せめて仇を取った話くらいしなくては顔向けできませんから。愚かにも金儲け一点張りの医者を信じて佐吉を託したのはこのわたしなので」

そこで佐助は一度言葉を止めて、ぜいぜいと荒い息をこぼした。

「憎き塚原の屋敷の近くを、夜な夜な歩きまわっていましたある日、付け火が立て続けに起こっているから自分も裏木戸に付け火をしてやろうと思いました」

花恵は急いで湯呑みに注いだ水を手渡し、ごくりと飲み干した佐助は後を続けた。

「火が燃え盛ろうとした時、なぜか自分でもわからないのですが、身体が勝手に動いて近くの土を掘り取ってかけて消そうとしていました。気持ちは燃えろ、燃えろと火にけしかけているのにです。途中でそれに気づいてその場から逃げました。一時どうしていいか、わからなくなったからです。後で小火でおさまったと聞きほっとする一方、仇を取れない自分の意気地のなさに絶望しました」

　佐助はしばらく口をぱくぱくと開いて息を継いでから、ふーっと大きく息を吸い込んで話しはじめた。

「こんな自分だから家族に先立たれて独りなのだと思うとたまらない気がしました。折しも菊の時季です。菊の香が市中に満ちています。菊はわたしに幸せだった時を思い出させてくれました。わたしも若い頃、倅が生まれた頃は腕のいい煙草職人と言われ、希望を持って必死に働き、仕舞屋（しもたや）を借りて庭で菊を育てることができたのです」

　佐助はしばし幸福の時の中に生きているかのように満足気な表情を浮かべた。

「倅を産んですぐ死んだ連れ合いは赤い菊が好きで、わたしたちの庭には赤い菊が咲き誇っていました。そのあと、わたしが身体を悪くしたこともあって、長屋住まいとなりましたが、菊の時季には必ず赤い菊の鉢を買いました。もう長くないわたしはあの時、せめて赤い菊に見守られて死にたいと思ったのです」

「花は人と同じ言葉は持ちませんが、人と心を通じ合わせることはできます。あなたの気持ちは赤い菊がしっかりと受け止め、奥さんに届けていますよ」

　夢幻は穏やかに佐助に告げた。

ごぼごぼと咳き込んだ佐助の言葉は掠れかけたが、その指先は、

「ああ、でも、ああやって昔のように、家族と一緒だった昔――」

夢幻が活けたと知らない花瓶の赤ばかりの菊を指差していて、

「ありがとうございます、ありがとうございます」

何度も何度も気を失うまで、そこに咲き誇っているかのようにも見える花瓶に向けて頭を下げ続けた。そんな佐助を見守る夢幻の目は、果てしなく温かく優しかった。

玄庵が佐助を布団の上に横たえる。佐助はその夜、静かに息を引き取った。夢幻の菊に囲まれた顔は、とても安らかだった。

10

瞬く間に釣瓶落としの秋が過ぎていくが、菊の時季は長い。

青木と花恵とお貞が訪れた佐助の墓前には夢幻が拵えた真っ赤な小菊の懸崖作りの大鉢が置かれている。鉢に植えた小菊を下向きに伸ばして育て作る仕立て方で、

崖下に向かって咲いているようにも見えるものだ。
「なんだかあの世に向かって咲いているようにも見えるわ」
花恵は思わず声にした。
「佐助さん、きっとあの世で家族と一緒に幸せになってるよ。あたし、春彼岸には
あの牡丹餅作ってお供えするわ」
お貞の言葉に、花恵は「わたしも手伝う」とすぐに答えた。
「わたしも是非」
いつの頃からか、青木の視線がお貞に注がれがちなのを花恵はわかっていた。
花恵と青木は相づちを打つと、三人は瞑目して佐助と佐吉のために手を合わせた。
その翌日、近くを通りかかった花恵は佐助の墓所に立ち寄った。
見慣れた後ろ姿は意外にも晃吉のものだった。
夢幻が手向けた赤い小菊の隣に真紅の江戸菊の鉢が並べられている。
「知り合いの瓦版屋からあんたのこと聞いたよ。俺も流行病で死にかけて必死で看
病してくれたおっかさんや妹の方が先にいっちゃって、ずーっとそのことで胸が痛
いんですよね。家族ってそういうもんだから。だから、わかるんだよね、俺、よー

く、佐助さんの気持ち――。けど晴れての旅立ちぐらい家族の思い出の赤い小菊じゃなしに、ぱーっと陽気で自由で艶っぽい真っ赤な江戸菊じゃいけませんか？　旅立ちの江戸菊――」

晃吉は涙声で呟いていた。

――とても話しかけられない――

踵を返した花恵は、

――あの晃吉にもあんな一面があったのね、旅立ちの江戸菊――

感慨深く家路を辿った。

第二話　からくりの実

1

　この日、花恵は幼馴染みだったおとよの母お早紀を訪ねていた。おとよがお腹の子と共に命を絶たれてから、半年以上が過ぎている。母一人娘一人だったせいで、お早紀だけが遺された。あまりにも惨い逆縁であった。

「綺麗でしょう。花恵ちゃんのおかげだわ」

　お早紀はおとよによく似た色白の端整な顔をほころばせて、大菊である厚走りの三本立てを愛おしむように見つめていた。

「この菊、まるでおとよが帰ってきてくれたようで――。花恵ちゃんが通ってきて教えてくれなかったらとても咲かせることなどできはしなかった――」

目を潤ませたお早紀は、花恵の助言を得て純白の厚走りを咲かせた。

おとよが殺されてからというもの、お早紀は食べず眠らずの日々が続いて痩せ細り、床についたままでいることもあり、このまま後を追うのではないかと危ぶまれた。

そこで花恵は大菊の三本立てを育てることを勧めたのだった。三本立てはまず、鉢に植えた大菊の草丈が三寸弱（約八センチ）になったら、脇芽を出させるために、先端の米粒大の芽を摘み取る作業から始める。一月後に大きめの鉢に植え替えるのだが、この時、多すぎる根は切り取る。そのまま二十日ほど経った頃、さらに大きな鉢に植え替える。この鉢が三本立てを咲かせる鉢になる。花恵はこうした作業を続けるために、お早紀の元へ頻繁に通っていた。

当初こそお早紀は首を横に振って、床の中から縁先の菊の植え替えを見ているばかりだったが、

「花恵ちゃんが来てくれた時に枯れていたら申し訳ないものね」

と水やりだけは忘れなかった。

そして、いよいよ脇芽が育って茎が三方向に五寸（約十五センチ）ほど伸びたところで、一尺（約三十センチ）ほどの細竹三本を土に差し込み、中央の茎はそのまま紐で細竹に固定し、左右の茎は曲げた細竹に紐で巻き付ける。この辺りは細竹使いが肝でそうたやすくはない。

花恵が細竹曲げに難儀して額に汗していると、縫い物が得手で器用なお早紀は手際よく手伝ってくれた。この頃にはもう、お早紀は横になっていることもなくなり、呉服屋が頼んでくる縫い物仕事を引き受けられるようになっていた。

こうして育てた三本の茎には夏場に柳蕾がつく。これらは花にならないので摘み取る。秋になって出てくる本蕾でも、中央の大きな蕾だけを残して後は摘み取る。

「まあ、咲かないで仕舞いになるなんて可哀想ねえ」とお早紀は悲しい顔をしたが、蕾を丹念に摘み取らないと、たとえ大菊といえども大きな花をつけないのだ。

それから、大輪の菊の花を支える輪台は針金で作る。これも見本を見せただけですぐにお早紀は倣うことができた。花弁が倒れはじめたら茎を支えている細竹に取り付け、咲き進むにつれて徐々に下げていく。

「それにしても立派に咲いて。ご近所の人たちも通りかかるたびに褒めてくださって」

　目を細め続けていたお早紀は、

「そうそう、信州の知り合いから栗が届いたんで、栗ご飯を炊いたのよ。是非、食べていってちょうだい」

　と言うと、厨に立って栗ご飯の載った膳を三人分運んできた。おとよの分は位牌に供える。

「うちの栗ご飯は天下一品よ」

　――今時分になるとおとよちゃん、おっかさんがつくる栗ご飯の自慢をしていたっけ――

　お早紀の栗ご飯は米、栗、塩と水だけで作られる。秘訣は極上の信州栗の皮を贅沢にも厚く剝き、下茹でして米と合わせて炊くというもので、酒や醬油が入らないので信州ものならではの上質な栗の風味が鮮烈に感じられる。

　箸をとった花恵は、

「子どもの頃、おとよちゃんのところでご馳走になる栗ご飯、とっても楽しみだった。おっかさんが亡くなった後は煮炊き、わたしの仕事になっちゃって、栗剝くの大変だから、ついつい作らなくて」

しみじみと言った。

「子どもだった頃の花恵ちゃんとおとよ、栗ご飯食べながら何話してたか、覚えてる？」

お早紀の問いに、

「いろんなこと他愛もなく——」

はっきり何を話したかまでは思い出せなかった。

「二人が一番熱心だったのは御伽草子（おとぎそうし）の『かざしの姫』だったでしょう？」

『かざしの姫』は花が大好きな姫君が主人公であった。ある夜、姫がこれほど美しい菊とて、いつかは枯れていく運命にあることを嘆き悲しんでいると、見目麗しい若者が忍んでくる。二人が慈しみ合うようになった頃、姫の庭の見事な菊が朝廷に献上されることになる。

その前夜、若者は「わたしは菊の精だ」と告げて姿を消してしまう。かざしの姫はやがてその若者の子を産む。生まれた赤子は絶世の美女に成長して、時の帝の寵愛を受けることになった——。

「思い出した。わたしは菊の精が旦那様になって、親子三人長く幸せに暮らしてほしいって思ってたけど、おとよちゃんは菊の精は帝の分身でかざしの姫は帝と結ばれるべきだなんて言ってた。今思うと物語としてはその方が歌舞伎の舞台みたいで素敵」

「ほんとにおとよは負けず嫌いでいつも上ばかり見ていて、それであんなことに──」

お早紀の声が次第に湿っていった。

「神様は見ておいでになったのね。おとよにもあたしにも罰が当たったのよ」

お早紀は袖で目を押さえた。

「罰なんかじゃないわ、おとよちゃんは悪くない。おばさん。今頃、あの世のおとよちゃんと大好きだった旦那様、赤ちゃんも一緒に寄り添ってるに違いないもの──ほら、この厚走りの三本立てみたいに──」

花恵は三本立ての真っ白な厚走りの菊を指差した。

「花恵ちゃん、あたしたち親子を許してくれてありがとう。それからあたしにおとよたち三人の菊を育てさせてくれて、何とお礼を言ったらいいか──」

「お礼なんて言わないで。わたし、三本立ての次は来年の秋を目指して、一本の小菊の枝から二百五十輪以上の花を咲かせる千輪仕立てを、おばさんと一緒に育ててみるつもりなの。千輪仕立ては盛り上がって咲くのよ。色は供養のためだからやっぱり白かしらね。今から準備が要る。これからもここへ、三本立ての時と同じで図々しく来るから」

花恵はやや早口で慌ただしく返した。

「ありがとう」

お早紀の目がまた濡れた。

2

――おばさんが元気になって喜んでくれてよかった――

お早紀の家からの帰り道、栗ご飯の味を思い出しながら花恵が温かい気持ちに浸っていると、

「あら――」

急に全身が硬直した。

夢幻が若い女と連れ立って歩いている。その若い女は笑顔が眩しく、菊に喩えるなら中高に大きく丸く咲き誇る、正統派の厚物の風情があった。

――おとよちゃんと並んでもひけを取らないほどきれいな女。この女の天真爛漫な笑顔はただただ、豪奢な手鞠のような厚物だわ。なんて夢幻先生とお似合いなんだろう――

「こんにちは」

やっとのことで、花恵の口から出た挨拶は拙かった。

立ち止まった夢幻は微笑んでいて、

「おやおや、今から花仙へ帰るところですか？」

常と変わらぬ穏やかな口調で訊いた。

「ええ。お早紀さんのところで、わたしが作るように勧めた、三本立ての厚走りを見せてもらっていたものですから」

「それは、よかった。お早紀さんが、立ち直れた証です。さぞかしあなたも力になってさしあげたのでしょう」

夢幻に褒められた花恵が、

「いいえ、そんなこと――わたしの力など――」

一瞬どきまぎしていると、

「お初にお目にかかります。わたくし、美乃と申します。夢幻先生のところに通わせていただいて、お花を習っております」

濃桃色の春の精は屈託なく微笑んだ。その笑顔が秋だというのに眩しすぎる。

「花仙の花恵と申します。お美乃さんも、夢幻先生が催す菊の活け花大会に出られるのですか？」

笑顔に見惚れていた花恵は、気になってつい余計なことを訊いてしまった。

「その望みはありますけれど、こればかりは先生のお眼鏡に適いませんと――」

ちらと上目遣いに夢幻を見て顔を赤らめるお美乃を見て、花恵は少し胸が騒いだ。

「先生、作品に秋明菊を使うのは駄目なのでしょうか？　大会に出してはもらえないのでしょうか？」

お美乃はわざとではないとは思うが、花恵がそこにまだいるというのに、夢幻と向かい合って活け花の話を始めた。

「秋明菊だから駄目だという者がいるのですか？」

夢幻は心持ち眉を上げて訊いた。秋明菊は、名前に菊がつくが菊の仲間ではない。

「今回は菊の大会だからと秋明菊使いはふさわしくないと」

お美乃は切なそうに訴えた。

「隣国ではこの秋明菊を秋牡丹と称したようですが、わたくしは加賀菊、越前菊、貴船菊、唐菊等とあるこの日の本での呼び名のうち、紫衣菊と呼びたいものです。なぜならこの花の色は何とも美しい赤紫色だからです。そして高く伸びた花茎の上に大きな花をつける。秋の花で大輪は大菊のほかには少なく、華やかな秋明菊、紫衣菊は貴重です。是非とも活け花の花材に使っていただきたいと思います」

夢幻の流れるような説明を聞いたお美乃は、

「本当ですか、よかった。先生、わたしうれしいっ」

思わず夢幻の胸に飛びつきかけて、

「わたしったら――すみません、はしたなくて。先生に嫌われてしまいますね」

真っ赤な顔のまま小声で詫びた。

「こんなことで、いちいち謝ってくれなくていいのですよ。それより、作品作りに精を出してもらわないと。花恵さん、それではお貞さんによろしく」

お美乃を促して歩き出した夢幻は、後ろに立ち尽くしている花恵をちらと振り返っただけであった。

――二人だけで話して、信じられない――

しばらく花恵は急にどしゃぶりの雨に打たれたような衝撃を心に受け、動けなかった。夢幻のことはもちろん、花のことなどしばらく考えたくないと思うほどだった。

花仙に帰り着いた花恵は喉が渇き切っていることに気がつき、井戸端でごくごくと水を飲むと急にがくっと気持ちが萎えた。

――ああ、もう疲れて動けない――

「花恵さーん、花恵さーん、帰ってる？」

戸口からお貞の明るい声が響いた。花恵が疲れて座っている様子を見て驚いているようだった。

「今日は羽二重餅よね」

「ああ、羽二重餅――」

「忘れたの？　嫌だ、二人で今日、作ることになってたじゃない？」

「そ、そうだったわね」

このところ、お貞は花恵の店の厨で菓子を作っていた。もちろん、いつとは定まらぬものの、しばしば青木が花仙に立ち寄るからであった。お貞は青木が母親譲りの菓子好きであることを知ったのだ。

羽二重餅は越前国福井藩の錦梅堂（きんばいどう）が命名した和菓子であり、餅粉、白玉粉、砂糖を混ぜて煉り上げるので、食味は非常に柔らかいものの、歯に付いて難儀するようなことはない。

「さあ、座ってないで。早速、始めましょう」

お貞は青木と花仙で過ごせる時間がよほど幸せらしく、このところ菓子作りにも精が入っている。

お貞は大鉢に餅粉と水、白玉粉を加え、砂糖を四回ぐらいに分けて入れ、粘りが出るまで混ぜ合わせた。平らな皿に片栗粉で打ち粉をし、混ぜ合わせたタネを薄く伸ばし、日の当たらない所で一刻半（三時間）ほど休ませる。

「ほどよく固まったところで食べやすい短冊形に切り分けて、好みで黒蜜をかけると美味しいのよ。塩漬けの桜や刺身のつまにもする黄色い食用菊を飾っても楽しいし」

　お貞は上機嫌で、羽二重餅作りを順調に進めた。

「この頃は季節寄せの仕事だけじゃなしに、花恵さんに花仙の庭を少しだけ貸してもらって育ててる青物の苗も売れるんで、そこそこ余裕はできたんだけど、今度はいろいろ忙しくて、こんなに簡単な羽二重餅なのに毎日はとても作れないのよね。もちろん他のお菓子も同じだけど――」

　残念そうに呟いたが、お貞の苗は評判がよかった。野菜は夏場は茄子や胡瓜が、冬場は葱や春菊、小松菜等の苗が家々の庭の片隅に設けられた菜園用にもとめられた。

　まだお美乃の残像がちらつく花恵は、返事もせずに大鉢に向けて餅粉の袋を傾けていた手を止めた。

「どうしたの？　今日の花恵さん元気ないわよ、何かあった？」

　お貞の言葉に思わず涙がこぼれそうになった花恵は、

「実はさっき――」

お美乃という若い娘が夢幻と連れ立って歩いていた話をした。

「夢幻先生はいつも通りよ、変わらず飄々としていらっしゃって。でもそのお美乃さんときたら、軽い挨拶だけでわたしのことなんて眼中にまるでなくて、大会に出す活け花の話ばかり。熱心なのはよくわかるけど、もう少し、相手への心配りってものをわきまえてほしいものだわ——」

腹立ちながら話し終えた花恵はお貞の親身な相づちを期待したのだが、

「若さは馬鹿さだからねえ」

お貞は静かに呟いただけだった。少しも気持ちが晴れない花恵をよそに、戸口に人の気配があるのに気づいたお貞は、

「あたしが行く、きっと青木の旦那よ」

と、ぱっと顔を輝かせたが、すぐに平静に戻った。

「今日はどういう風の吹き回しか、江戸菊を届けるようにって言われたんですよ」

訪れたのは晃吉であった。お貞は花恵の方だけにがっかり顔を見せた。

江戸菊は開花が進むにつれて花形が変化するため〝狂い菊〟とも呼ばれる。花が開くと一度中心の筒状花が見える状態になり、その後、菊ならではの舌状花が中央

に集まって球状になる。一つの江戸菊の花は百枚から二百枚の花弁で作られている。

「江戸菊って、奔放な様子が何とも羨ましいくらい艶っぽいわよね、女の艶やかな様子そのもの。名だって江戸絵巻とか若朽葉、多摩の桜、江戸黄八丈――まるで草紙の題みたいだもの」

お貞は晃吉が運び入れた江戸菊の名札を読み上げつつ褒めた。

「人気だった俺が拵えた紫の江戸菊は売り切れちまったんですけど、一鉢だけこっそり取っといたのがあるんです。女のお客さんたちが晃吉菊だなんだと騒いでくれてた紫のじゃなくてこれ――」

晃吉は大八車に載せてきた最後の一鉢を花恵に差し出した、

「あら、お日様みたい」

花恵は舌状花が集まった中心の球状からやや長めの舌状花が四方八方に伸びている、黄金色の江戸菊を見つめた。

「華やかで力強さがあって、それでいて厚物とは一味違うしなやかさがあって素敵な花姿ね。晃吉もぐんと腕を上げたわね」

思わず感心して花恵が洩らすと、晃吉は照れ笑いを浮かべて話を変えた。

「それにしても付け火の下手人が捕まってよかったですよね。植茂なんかは付け火をされたら最後、家と一緒に庭まで燃えちまって、商うものがなくなっちまうからって、親方、とっても心配してたんですよ。お嬢さんのとこもでしょう?」

「花仙はささやかな商いなのでおとっつぁんほどの心配はないけど、せっかく丹精して綺麗に咲いてくれてる花たちの、ただでさえ短い命が絶たれるのは我慢できないわ」

あれから佐助の話は青木が黙して語らず、奉行所の記録にも残されていなかった。

「ぺんぺん草の三治ってえ下手人は、小火で済んだんで打ち首にはならず遠島に決まったって聞きましたけど、どうしてあんなに塚原俊道のところは金が唸ってるんですかね。沢森正海のとこはまだ庭手入れに行ったことがないのでわかんねえですけど。塚原の屋敷の庭には親方と出入りしてるんですけど、患者は列をなし、一日に何度も大八車が裏木戸に止まって、米俵や長持ちの類いが蔵へと運ばれてました。よほどあこぎじゃねえとあれほどにはなんねえと俺は思います」

晃吉の好奇心丸出しの話に花恵とお貞は顔を見合わせた。

「植木職を出入りさせてるからには、草木花好きなんでしょう?　花好きならそう悪い人ではないと思うけれど」

　花恵は晃吉に訊いた。

「塚原の母方の遠縁先祖が、あの常憲院（五代将軍徳川綱吉）様の御側用人から老中格にまでなった柳沢吉保（一六五八〜一七一四）だって聞いてます。親方が言うには柳沢って人はそれはそれは園芸通で駒込の下屋敷に六義園と名付けた凄い庭を造ったんだそうで。塚原は薬草園だけじゃなしに、草木や花を愛でる趣味があるってことを自慢にしたいんですよ」

　父と晃吉が丹精に整えるのだから、塚原の庭は相当なものだろうと花恵は想像した。ただの見栄で花好きじゃないようにも感じた。

「ああ、でも、塚原の娘は無類の花好きですね。静原夢幻に憧れて弟子入りしてるって聞いてます。菊の活け花大会にも出るんじゃないんですか？」

「あら、花好きの娘さんもいらっしゃるんだ？」

　お貞は思わず興味津々に訊ねた。

「花好きの女は、自分が綺麗じゃないってわかってるから、せめても美しい花に近づきたいっていう手合いと、花と同じかそれ以上に綺麗な自分に気がついてて、どっかで張り合おうっていう手合いの二つに分かれるんだよね。塚原の娘は絶対張り合う方。それでこれでもか、これでもかって庭を百花繚乱に飾り立ててえんですよ」

「つまり相当の別嬪さんってことね」

お貞が念を押すと、

「そうそう。でも、逆立ちしても花恵お嬢さんには敵いませんけどね。お嬢さんは張り合うなんてとんでもない、ただただ花への愛一筋なんですから」

晃吉は恥ずかしげもなく、さらりと言ってのけた。

「その娘さんから、まさか好意を持たれているとか？」

花恵は晃吉の表情をうかがった。

「常日頃から親方に俺たちは庭だけを見てりゃいいんだって言われてますから、脇目もふらずに庭の手入れをしてますよ」

お貞が疑いの目を向けると、晃吉はややうんざりした顔になった。

「俺、ここ当分はお貞さんを見倣って一途に一人の女を想ってるんですけど」

晃吉は神妙な様子で片袖から薄桃色の恋文らしきものをちらと見せた。

「素晴らしい」

お貞は大袈裟に感嘆してみせた挙句、

「それはそれは結構なことよ。けどそれ、せいぜい長く続くといいけどね」

にやりとして言った。

そんな軽口を叩き合っていたが花恵たちが作っている羽二重餅をすぐに食べられないとわかると、晃吉はそそくさと帰っていった。

お貞は、

「ちょっと早いけど、羽二重餅、固まったかしら」

独り言を言い、厨に入っていくと、しばらくして、

「上出来、上出来」

と言いながら、短冊形に切り分けた羽二重餅に黒蜜を添えた皿を盆に載せて運んできた。

「ありがとう。美味しそうね」

花恵の通り一遍の返事を聞いて、お貞は、

「さっきも言ったでしょ。若さは馬鹿さだって。気にしない、気にしない。先生は

何とも思っちゃいないわよ。さあ、食べて、食べて。柔らかいけど、歯にくっつかないから、最高よね」

と言って、菓子楊枝を花恵に差し出した。

「うん、わかった」

花恵は応え、その後、二人は取り留めのない話に打ち興じた。

この夜、花恵は身体はくたくただというのに妙に目が冴えてなかなか寝付けなかった。お美乃と名乗った美貌の弟子のことはずっと花恵の頭から離れなかった。夢幻に抱きつこうとしている姿を思い出すと、心が一気に重くなった。

眠れそうもなく、起き出すと菊花酒を猪口で二杯飲み干してから、手燭を持って庭に出た。花恵の菊花酒には食用菊ではなく、京の菊谷という場所に自生する、蕊も花弁も黄金色の泡小金菊が使われている。これは亡き母が嫁ぐ時に持参したもので、実家の裏手からその中の一株を貰い受けてきていた。泡小金菊には群を抜いた菊の芳香が感じられる。

――それにしても秋明菊とは憎いわね――

花恵はお貞に貸している青物専用の土地の隣に、外出時に見つけたものを持ち帰り、積み上げた小石で仕切りをしたこちら側で、さまざまな野草を育てていた。もちろん菊花酒に欠かせない泡小金菊も植えてある。

――おとっつぁんが見れば、「馬鹿、こんな狭いとこじゃ、種が混じるぞ」なんて叱られるでしょうけどね――

花恵が持ち帰ったものの一つに秋明菊もあった。手燭が二尺（約六十センチ）ほどの秋明菊を照らし出している。地下茎で増えるせいか、かたまって咲いていた。

――いつのまにかこんなに咲いていたのね――

赤紫または濃桃色の花弁が愛らしい様子の花芯を取り囲んでいる。一重咲きの大きめの菊に似ていないこともないが、菊にはない、風で吹き飛ばされてしまいかねない、繊細な少女のような趣がある。

――まあ――

ぽつんと一つ白い秋明菊を見つけた。こちらの方は何とも清楚で凜とした美しさがあった。それでいてすらりと背丈はあって見栄えがする。

この時、花恵は夢幻が紫衣菊と称した、赤紫または濃桃色の秋明菊は、いつしか、真っ白な羽衣に変わるような気がした。

——そんなことありはしないんだけれどね——

その夜、寝床に戻った花恵は赤紫色の振り袖を纏った自分がやがて白無垢姿になる夢を見た。

3

「ごめんくださーい」

朝早く、戸口で澄んだやや高めの声がして出てみると、相手は昨日挨拶をされたばかりのお美乃だった。

昨晩寝つけなかった花恵の頭はまだぼんやりしていたが、咄嗟に襟を直すと丁寧に挨拶をした。お美乃はぱっと目を惹く薄黄色地に紅葉が散らしてある、艶やかな友禅を身に纏っている。

「昨日はゆっくりお話ができなかったものですから。わたしね、是非とも、あなたにここにある花や草木について教えてほしいの。夢幻先生が『花仙で学びなさい、勉強になるから』って、おっしゃって」

　無邪気な表情で、お美乃は花恵を見つめている。

「そんなの褒めすぎです」

　突然、お美乃が来たことに、花恵は戸惑いしかなかった。

　――こんな時にお貞さんがいてくれたら――

　残念ながらこの日、お貞は春蒔（ま）きの青物の種を仕入れに朝から遠出をしていた。

「活け花の奥義は、花を知ることだというのが夢幻先生の持論なんです。どうかお願いします」

　お美乃は深々と頭を下げた。

「わたしでよければ」

　花恵は、お美乃のひたむきさにとうとう折れるしかなかった。

「花仙（うち）では鉢植えと切り花の両方を売っています。鉢植えは春はサクラソウ、夏は朝顔、秋はご覧の通りの菊で、冬は水仙とか。あと切り花はお客様が花仙（うち）の庭をご覧になって、これをとおっしゃるものを切っています」

「あの辺りのお花は、何が咲いているのですか」

「あの濃紫は竜胆で、手前はよくご存じの桔梗です」

「あら、でも白いわ」

「桔梗は藤色が多いのですが白いものもあります」

「向こう側は、薄ですか？」

お美乃は庭の奥側を指した。

「その通りです。あの近くには秋の七草を植えております。すでに花が落ちている
ものもございますが、お客様の中には秋彼岸の頃、秋の七草の切り花をもとめてい
かれ、活けて愛でたいという方も多くおられます」

「秋の七草といえば……、そうだ、夢幻先生に秋の七草を覚えるにはこのような歌
がよろしいと教えていただきました。『萩の花　尾花葛花　瞿麦の花　姫部志　ま
た藤袴　朝顔の花』」

「そうです。さすが夢幻先生のお弟子さんですね」

花恵は、お美乃を褒めながら、

――よく知っているわ。わたしの説明なんか要らないほど――

脇の下に冷や汗を掻いた。

「あ、でも、朝顔がどうして秋の七草なのかしら？　夢幻先生ったら、そこまでは教えてくださらなかった――、花仙さんならご存じよね」

　お美乃はちらと花恵の顔色をうかがった。

　庭を歩いているのはすでに花恵とお美乃だけではなかった。仕事前に立ち寄った若い男の客たち数人が固唾（かたず）を呑んで見守っている。

「その歌、万葉集の山上憶良の作で『秋の野に　咲きたる花を　指折り（およびを）　かき数ふれば　七種（ななくさ）の花』とあって、次にお美乃さんが詠われた『萩の花――』以下の歌が続いていて、対になっているものなんでしたよね。ここでの朝顔は桔梗ではないかと思います。万葉の時代には筒型の朝顔と桔梗は、ともに朝顔と呼ばれていたのかもしれません」

　花恵は微笑みつつ応えた。

　――よかった。これ、教えてくれたの、おとよちゃんだった。わたしより草木や花のこと何でも知ってたから。ありがとう、おとよちゃん――

　花恵はあの世のおとよに心の中で感謝した。お美乃は花恵の話にしっかり耳を傾けつつも、

「万葉から時が過ぎても、お公家様方は、花野に咲く秋の七草を月の光で愛でつつ、秋の七草が咲いていた野を歩きながら歌を詠んでいたんですよね。何という風流な遊びに興じていたことでしょう。夢幻先生も月明かりの下での歌詠み、とてもお似合いになりそうだわ。そう思いませんか？」

負けじと微笑んだ。

「そうですね」

花恵は相づちを打つのが、精一杯だった。お美乃の独特な調子に、花恵の微笑みはいつの間にか消えていた。

「秋の七草で思い出したのですけど、春の七草は作られていないのですか？　秋があれば春があるのが普通。春の七草は、御形（ごぎょう）、仏の座（ほとけざ）、繁縷（はこべら）、薺（なずな）、芹（せり）、蘿蔔（すずしろ）、菘（すずな）でしょう？」

お美乃は矛先を変えて、笑顔で切り込んできた。

「秋の七草は愛でるものですが、春の七草はお粥にするものなので――」

花恵は言葉を濁した。実はお貞はここで春の七草を育て、七草粥用に小さな籠に入れて売り歩いていた。

「秋の七草が目で愛でるものなら、春の七草は口福。そう違いはないと思いますし、お貞さんが売り歩く春の七草籠はたいそう香りと風味がいいと評判で、夢幻先生のお弟子さんたちから何でもここの一部を借りて育てていると聞きました。是非、春の七草の様子を見せてくださいな」

――そこまで知られていては案内しないと。でも、お貞さんに貸してる場所の隣、わたしの秘密の花畑、秋明菊も咲いてる――

花恵は不安な気持ちではあったが、

「こちらへどうぞ」

先に立ってお美乃を裏庭へと誘った。二人の女のただならぬ気配を察してか、さすがに他の客たちはもういなくなったようだ。

「これが春の七草？」

お美乃は首を傾げた。

今、お貞の青物畑は何も植えられていなかった。

「春の七草はほとんどが越年草で、これから種を蒔くのです。今年の秋に蒔いた種が発芽して冬を越します。それで若芽をお正月明けのまだ寒い頃、お粥にしていただくことができるのです。そして、これらは晩春に開花、結実して枯死してしまいます。暦では二年間の命があるのですが、一年で蒔いた種の生涯が終わるので、越年草と呼ばれています。芹は冬場も青々としている唯一の多年草ですが、湿地を好むのでここでは育て続けられません」

花恵は必死に説明を終えた。学びたいと言ってきたお美乃に、なぜか花恵は試され続けているようで、どっと体の力が抜けて、座り込みたくなっていた。

〝よく勉強してるじゃない、花恵ちゃん〟

一瞬おとよの声が聞こえたような気がした。

――ああ、でも――

お美乃が仕切りの向こう側の秋明菊に気づかぬはずはなかった。いつ、言葉が出るかと身構えていたのだが、

「ありがとうございました。いい勉強になりました」

お美乃はゆったりと微笑むと、踵を返した。可憐に笑いかけてすべてを吸い取ろうとするお美乃が花恵には少し恐ろしく感じた。

4

翌日、春蒔き種の仕入れから戻ってきたお貞が花仙を訪れた。両手にいっぱいの野生菊を手にしている。

「野にあるままの菊が気になってて、海沿いを歩いたのよね」

お貞が採ってきた菊のうち花径が三寸弱（約八センチ）もあるのは浜菊であった。

「普通の浜菊はもうちょっと小さいのよね」

浜菊は中心部分を純白の長くて幅広の舌状花が取り囲んでいる。

「たしかに大きいわねえ」

「海の見えるところに一面にこれが咲いてるのよね。綺麗っていうよりも、黄水晶の数珠（じゅず）をかけた尼さんたちみたいで厳か。圧倒されちゃう。花恵さんにも見せたかったわよ」

次に大きな花をつけていたのは山や山麓に咲く島寒菊（しまかんぎく）であった。これは浜菊の半分ほどの大きさの花で、中心部が濃い黄色で取り囲む舌状花はやや薄目の色合いであった。

「この花を油漬けにすると傷薬になるって知ってた？　故郷（くに）じゃ、山の民が売りに来てたわ」

　お貞が見せた最後の一種は、

「花恵さんに頼まれたやつよ」

　菊花酒だけではなく、茶花にもする泡小金菊であった、半寸（一・五センチ）ほどの小さな花がつく。

「ありがとう。野趣ならではの、強いのに丸くいい匂い」

　受け取った花恵は鼻を近づけると、ふうとため息を洩らして感嘆した。

「さてと。今日は花恵さんが夢幻先生にお花を届ける日じゃない？」

　花恵が急に浮かない顔になった。

「おとっつぁんが届けてくれた最高の大菊でもお返事がないし――、作ったのは肝煎茂三郎ですって、書き添えとけばよかったのかしら？　それとも、花仙（うち）みたいな小さな花屋、もう相手にしてないのかも――」

　淡々と話す花恵を見て、お貞には、花恵が夢幻のことで引っかかっているのがわかった。

「だったら、今日はあたしが一緒に行ってあげる。滅多に江戸じゃ見られない、見栄えのする特大浜菊を届ければいいわ」

お貞の提案に、花恵は礼を言ったがその様子には寂しさが滲んでいた。心配したお貞は行きたがらない花恵を引っ張って、夢幻の屋敷へと向かった。

常のように出迎えてくれた彦平は、

「いいところに来てくださった。今、旦那様に変わり安倍川餅を作っているところなんです。旦那様は今、菊活け花大会の追い込みで大変な時だというのに、不眠不休の上、何食も抜いて平気なんですから、もう心配で心配で。このままではお身体が持ちませんので滋養にしていただきたいのです」

彦平が笑みを浮かべて、土蔵の地下にある厨へと二人を誘った。

安倍川餅はつきたての餅に黄粉と白砂糖をかけたものである。

「あたしねえ、安倍川餅の黒砂糖使いも悪くないなって、ずっと思ってきたのよね」

お貞は青木の話をする時のような真剣な面持ちだった。

「それ、つきたてのお餅に黒砂糖と混ぜた黄粉をまぶすってこと?」

——黄粉に黒砂糖じゃや、味はともかく、どう見ても黄色が黒に負けてほとんど黒一色。お菓子は見かけが大事なのに見栄えが悪すぎる——

花恵が想像していると、お貞はくくっと笑った。

「黒蜜があうってこと」

そばで聞いていた彦平は、お貞に「それは是非とも作ってほしい」と懇願した。

早速、お貞は鍋に黒砂糖と水を入れ、沸騰してきたら幾分火から離して煮詰まるまで、静かに混ぜ続けた。これを冷ましておくと艶と独特のとろみが出る。

「旦那様の疲れた胃の腑には、軽めに白玉粉のお餅がちょうどよろしいかと思いまして」

彦平は大鉢の中にある白玉餅を俎板(まないた)の上に置いて長四角の形に広げた。これが冷めかけたところで、彦平を手伝うお貞は上から黄粉を振りかけてさらに広げた。ざっと粗熱が取れたところで、彦平は一口大に切り分け、一個ずつ丁寧に黄粉をまぶしつけていった。

「では早速」

「さあ、さあ」

「楽しみ、楽しみ」

三人はそう言いながら座敷に移った。

「どうぞ」

彦平は小皿に取って、花恵とお貞に渡した。お貞が作った黒蜜をかけ、菓子楊枝で口に運んでみると、白玉餅と黒蜜とが渾然一体となった蕩けるような甘さ、美味しさであった。

「これは胃の腑にそろりと入って、じわーっと滋味が身体に広がりそう」

思わず、花恵は呟いた。美味しそうに食べる二人の様子を見て安堵した彦平は、

「お疲れの旦那様には、これだけでも食べてもらわねば」と安倍川餅とほうじ茶を運ぶ準備を始めていた。

ちょうどそこに、夢幻が障子を引いて顔を見せた。

――たしかに多少お痩せにはなったけれど、彦平さんが案じるようには窶れてはいない。常より気力が漲っていて美しいだけではない、精悍さ、いいえ、優雅な逞しさそのもの――

「わたくしはこのように達者なのに彦さんが案じてばかりで困っています。活け花には心に宿る想いだけではなく、それを持続させる身体の力が要るのは事実ですが。おや、これは美味そうだ」

ふわりと夢幻は笑って、早速菓子楊枝を手にして一口食した。夢幻はほころんだ表情で応えて二個目、三個目と味わい続けた。

「これは美味い、黒蜜がたまらない」

「お貞さんが作られて」

彦平がうれしそうに伝えて、出ていった。

呑気な夢幻の様子を見ていると、花恵は、訊かずにはいられなかった。

「先生はいつもお忙しくされているのに、菊の活け花大会のお弟子さんたちの御作にも、手を貸されているのですか」

——ああ、わたし、なんて随分な言い方してるんだろう——

言葉にしたそばから、後悔しはじめていた。

「弟子たち各々の良さを生かしての指南が手を貸すことならば、そうだと答えるしかありません。そうあらなければ、皆様が静原夢幻流の稽古に通って来てくださる意味がなくなってしまいますからね」

　夢幻は何も気にとめていないように、菓子楊枝を置いてほうじ茶を啜った。

「実は昨日、市中でお会いして御挨拶を受けた、先生のお弟子さんのお美乃さんが花仙へおいでになりました」

　花恵は思い切って最も言いたかったことを口にした。

「そうですか。それが何か？」

　夢幻は真顔で答えた。何かを気にしてるなんて思われたくない花恵は頭を忙しく働かせて、

「市中でお目にかかった時、お二人が秋明菊の話をされているのを耳に挟みました。実は売り物にはしていませんが、花仙には珍しい白い秋明菊があるんです。それをどこかで耳にされてお美乃さんはいらしたのかもと思ったのですが」

　お美乃のことを持ち出し、辻褄を合わせた。

「大会は弟子たちの優れた作を見てもらうためのものです。全員の作が並ぶわけではありません。だからこそ、弟子たちは今、何とかして並ぶことのできる傑作を作ろうと必死です。それでお美乃さんもいい花があると言われている、あなたのとこ

ろへ足を向けたのでしょう。秋明菊に拘らず、これぞという菊の花をもとめてのことだと思います」

夢幻は淡々とお美乃の一件を片付けてしまったので、そこでもう話の接ぎ穂はなくなった。

「もう一皿、いきましょう」

お貞がお代わりを盛りつけて、

「美味しいものと美しいものを味わうのとではどちらがお好みですか？」

夢幻に訊くと、

「どちらも同じくらい楽しみです。決まってるじゃありませんか」

朗らかに応えてまた、菓子楊枝を手にした。そこへ、

「定町廻り同心青木秀之介様がおいでです。旦那様に急ぎでお会いになりたいそうです」

彦平が伝えてきた。

「あらっ――」

青木の名を聞いたとたん、お貞は急にそわそわして襟の合わせや額のほつれ毛を

直した。

青木が三人が話している座敷に入っていくと、すぐに彦平が茶を運んできて、夢幻に供したのと同じ変わり安倍川餅を青木の前に置いた。

青木が手を付けずにいると、

「まずは召し上がってはいかがです？　わたしのために作ってもらったものなのですが、たいそうな美味です」

夢幻は屈託なく勧めた。

「それでは――」

青木は指で摘まんでぽいぽいと口に放り込みはじめ、お貞が慌てて菓子楊枝を手渡そうとしたがすでに小皿は空だった。

まだ多少熱いはずのほうじ茶を飲み干した青木は、

「いつも追いたてられている定町廻りの性とはいえ、不調法のほどお許しくださ い」

夢幻に向けて頭を下げた。

「何かご用があっていらしたのでは？」

夢幻はさっそく訊いた。

「実は今さっきまで玄庵先生と一緒でした。日本橋は長谷川町で金貸しの老婆、お兼が骸で見つかったんです。金を借りに来ていた、お三津という若い女が居合わせて、驚いて番屋に報せてきたので、わたしたちが出向くことになったのです」

花恵は青木の話をまともに聞く気にもなれなかったが、夢幻とお貞は先を知りたくてたまらないようだった。

「お三津によれば、お茶を飲んで最中を食べて話していたら、お兼が突然、酷い痙攣を起こした後、息が止まってしまったとのことでした。お三津は一人で子どもを育てていて、重い病気に罹った我が子の薬代のために、料理屋勤めでの給金では足りず、お兼に借金を重ねていました。この時もさらにまた金を借りようと訪れたところだったようです」

「まさか、それだけのことでお三津さんとやらを疑っているのではないですよね？」

夢幻は眉を寄せた。

「この手のことではどんな相手でも、まずは疑ってかかるのが真のお役目と心得ておりますので。身寄りもなく、独り住まいの老婆の死など気にも留めようとしないばかりか、遺した金の没収しか考えようとしない奉行所のあり方にも、一矢報いるべきだと思っております」

　青木はきっぱりと言い切った。

「お三津の話を聞いた玄庵先生は、そういえば、『見知った猫の死に方に似ている』とおっしゃいました。何でも、先生の厨には何匹か野良猫が出入りしていて、前日まで元気だっただけに、これは毒を盛られたか変な物を食べたのではないかと疑念を抱かれたそうです」

　人を痙攣させて死なせるような薬が、そんなに身近にあるだろうかと花恵は不思議に思った。

「何の毒であるかは全くわからないと先生はおっしゃるのです。さまざまな毒の中でも、砒石を使った石見銀山鼠捕り薬を除くと、草木の毒が使う側にとって最も身近ですし、人と猫とでは違いがあるだろうけれども、一応、夢幻先生の意見を聞いてはどうかということになりました」

　青木は深く頭を垂れた。たいてい多くの毒殺には血反吐（ちへど）を吐いて死に至らせる石見銀山鼠捕り薬が使われるが、お兼の骸にはその形跡がなかったとも付け加えた。

「金貸しの独り住まいとなると狙われやすいはずです。死に際に居合わせたお三津さん以外に、老婆に借金を断られ、恨んでいた人たちも当然いるでしょう」

夢幻は静かに応えた。

「お兼に借金を断られて恨んでいる者たちは大勢いますし、今必死に岡っ引きたちに調べさせているところです。随分前から、お兼は借金の取り立てにごろつきたちを雇っていたので、その中には、貯め込んだ金を我が物としようという不埒な輩がいてもおかしくありません」

「ごろつきがお兼さんのお金を奪うつもりなら、とっくに夜半にでも押し入って、貯め込んだ金を探しているようにも思います。年齢もいっていることでしょうし、卒中や心の臓の発作等の病死とも考えられるでしょう。お兼さんに持病はなかったのでしょうか？」

「金はあるもんですから、付け火をされた塚原先生のところで診てはもらっていたようです。なにぶん年寄りですからあちこち、それこそ弱っていたはずで」

青木は、夢幻から毒の手がかりが聞き出せそうにないのでがっかりしているようだった。

「金貸しは何より金が大事でしょうが、命も金と同じくらい大切にしていたのではないかと思います。彦平も、近頃はわたくしの心配をしすぎて心の臓が弱って医者通いをさせているんですよ」

花恵は心配になって、

「玄庵先生のところで、診てもらっているのですか？」

と思わず訊いた。

「いえ塚原先生のところへ。病を退けて長寿を叶えると評判ですし、かなり薬が豊富にありますから」

夢幻が答える代わりに、ほうじ茶のお代わりを皆に注ぎ足しながら彦平が返事をした。気がかりなようすを見せた花恵とお貞に、

「彦平が病気になると、この安倍川餅が食べられなくなると思って心配しているのではないですか？」

と夢幻は笑って言った。

夢幻の屋敷から帰る途中、青木は玄庵の厨に来ている野良猫の様子を注意して見てみると二人に告げた。

「野良猫たちには確たる縄張りと、どこにどんな餌があるのかを伝えあう集まりがあると聞きますからね」

お貞は青木を力づけるように、返事をした。

「変死を遂げた猫の仲間の動きを追えば、もしかしたら手がかりが見えてくるかもしれませんし」

青木はそう言って、暗くならないうちにと玄庵のところへ急いだ。お貞は去っていく後ろ姿を愛おしそうにいつまでも見つめていた。


数日後の八ツ時（午後二時頃）花仙では花恵のもとに、晃吉がやってきていた。縁台に置かれていた盆の上には晃吉が届けてきた鍋が見える。鍋の中には真っ赤に熟れて砂糖煮にされた小さな実がたくさん入っている。

「甘くて程よく酸っぱくて、ほんと美味いっすよ、イチイの実——。親方はお嬢さんも大好物なのを知ってるんですよ。イチイは植木職ならではのお宝の実ですよ。

たいていの家じゃ、木に登れなくて、鳥たちに独り占めされちまってますから」

晃吉は相変わらず無駄に饒舌で、花恵は返事をすることなく、爪楊枝で二つ、三つとその愛らしい種なしのイチイの実を刺してぱくりと口に入れた。

イチイは日当たりがよくなくても育つ。生長は遅いが樹齢は長く、冬でも線形の葉を落とさないので庭木や生垣に利用される。

「ほんと、美味しい」

「イチイの皮って透き通るような赤でとっても綺麗――。この赤く透き通っている様はどんな華やかな花も及ばないでしょうね」

秋の季節になると、イチイの実の砂糖煮を晃吉に持ってきてもらうことは、花仙を開いてからの恒例になっていた。ちょうど、夢幻のところで草木の毒の話が出ていたからこそ、今年のイチイの赤は、なんだか不気味に思えた。

「それにしても、お兼っていう金貸しが死んじまって、借金を返すこともなくなって得した奴らが沢山いるって話、一膳飯屋で耳にしましたよ。お兼は死ぬ前の日までぴんぴんしてるのを見られてて、毒でも盛られたんじゃないかって話も出てました。毒を盛った奴に礼を言いたいなんてのは酷すぎますけどね」

晃吉は花恵とこの話をしたくて仕方がなさそうだった。

花恵は晃吉と話して、夢幻と会った時にもっとお美乃のことを訊ねてみればよかったと思い起こされた。晃吉はまだ喋っている途中だったが花恵は、厨に入って小指の先のさらに半分ほどに薄く薄く切られている、草履形の餅がしまわれている箱を開けた。白いままのものと薄桃色、薄緑、黒胡麻入りと四色で、裏表にはこれまた薄く菜種油が塗られている。

なおも晃吉は諦め切れないのか、花恵に話しかけ続けた。

「取立屋のごろつきたちに取立帖を出させて、お兼に借金をしていたほぼ全員を調べても、皆、お兼の住んでいた長谷川町には近づいていなかったんだって。ただ一人、一番多く借りていた博打うちの林造は、十日も前、すでに住んでいた長屋を発って旅に出ていたそうだし。お兼さんの死に目にいたっていう女が実は下手人で、林造みたいに子どもを置いて、逃げたりしたらどうするんですかね？」

「お三津さんを疑うのはやめてちょうだい。お三津さんのお子さんは、毎日玄庵先生が診ているのよ。生まれつき身体が弱く風邪が治り切らないから、このままでは労咳に進みかねないって。お三津さんも必死に看病しているわ。玄庵先生だってできるだけのことはしたいとおっしゃってて、塚原先生とは大違い」

二人が話しているところに、お貞がやってきた。いい頃合いだと思った花恵は、この四色薄餅の中の薄桃色数枚を七輪の丸網の上で焼くことにした。

「青木の旦那が下手人の手がかりなしで困ってるから、あたしがひと肌脱がなきゃと思って、塚原先生のところを覗きに行ってきたのよ。あー気が張ってたからお腹すいた」

お貞の腹が思い出したようにぐうと鳴った。

晃吉に話しかけるお貞を見ながら花恵は、「もうすぐできるから、イチイの実の砂糖煮もあることだし、ちょっと待っててね」と声をかけた。

この薄餅は丸網の上でまずは、ぼつぼつと小さい膨れができて、みるみるそれらが集まってぷーっと大きく膨れ上がる。その膨らみを篦で平らにして裏返し、またぼつぼつとぷーっを経て篦で押さえて焼き上げる。裏表に油が塗られているので焼き餅と異なり、網に中身がひっついてしまって難儀することもない。ただし、焼き餅よりずっと早く焦げるので決して目は離せない。

「奉行所が頼りないから、お貞さんがそんなことする羽目になって大変だね。まあ金貸しの老婆だからって、殺されていいって道理はねえだろう？　こんな風に相手を殺したら自分が楽になるって理由で、市中に殺しが増えてったら世も末だし」

晃吉は薄餅にも興味はもたず、ひたすら話し続けていた。お貞は晃吉の話に「うん、うん」と頷きながら、目は丸網の上の薄餅とイチイの砂糖煮を行ったり来たりしている。花恵はようやく出来上がった薄餅の上に、イチイの実の砂糖漬けを載せて勧めた。

「わーっ、甘ーいあかね雲を食べちゃった気分、天国が見えそう――」

お貞は頰張りながら、ひどく喜んだ。

「意外に合うのよ」

お茶は父茂三郎の好みに倣って、イチイの実を載せたこの時季の薄焼き餅にはお薄を点てた。

腹が膨れたからなのか、さっきまで大げさに喜んでいたお貞は急に、

「あっ、花恵さん、さっきこれってイチイの実って言ったわよね？　毒があるって、前に夢幻先生に聞いたことがあるんだけど」

呟き込みはじめて、抹茶で薄餅を流し込んだ。

「晃吉が砂糖煮にしてきてくれたのは、イチイの種を包んでいる厚くて柔らかな皮なのよ。種はきちんと取り除いてあるわ」

花恵は紙に湯呑みのような形をまず描いて、中に丸い種を描き足した。

「毒があるのは種と雌雄異株で黄淡色の目立たない花や常緑の葉、わりに細くよく伸びる枝なんだけど、特に強い毒があるのは美味しい皮に包まれている種なの」

花恵は二つ、三つと種なしのイチイの実を食べ続けた。

「そうなのね」

お貞もやっと倣って爪楊枝を鍋の中身に伸ばした。

「あ、ほんと、美味しい」

晃吉も薄餅を頬張りながら、

「お貞さん、塚原先生のとこ行ったら見たでしょ、今の時季が一番立派なイチイの木。常緑の松に似た葉と枝に、真っ赤な小さな実を花みたいにわんさかつけるのはなかなかの見ごたえで、『イチイの花見』なんて言われてるんだから――」

「お兼さんのこと訊き廻るので、それどころじゃなくてさ。でも、若い弟子たちを木に登らせてたから、この実を集めてたんだろうね」

「何かお兼さんのことで、手がかりは見つかったの？」

花恵が訊ねると、お貞は首を横に振った。

「お兼さんは相当な甘味好きってことくらい。彦平さんとはそのことで、話したことがあるみたい。あの時、夢幻先生も彦平さんも教えてくれたらよかったのに。でも、よくよく考えたら夢幻先生は彦平さんをわざと塚原先生のところへ通わせてたんじゃないかな？」

花恵が考えもつかなったことを、お貞は疑いはじめていた。

「金持ちにとっては塚原先生は腕が良くて、かなりの評判の医者らしいけど」

晃吉は返事をした。

「そう言うけど、あの彦平さんがどっか悪いように見える？」

「たしかに佐助さんのお孫さんを見殺しにした医者に、彦平さんの身体を診させるっていうのも夢幻先生らしくないし」

「一人見殺しにできる医者は、何人だって見殺すことができるはずですよ。塚原の庭に生ってるイチイの実だって、何に使われているかわかんないですよ」

晃吉は軽口を叩いた。

「わたしは命には人も鳥獣虫魚もなくて、庭は草木の命が溢れている所だと思うの。そんな季節の花を咲かせる場所で、命を粗末にすることはできないと思うわ」

花恵は表情を硬くして答えた。花恵の強い言葉に、お貞も晃吉も黙ったが、花仙の戸口に人の姿があることにしばらく気づかなかった。

「秋明菊を求めに伺ったのですが、恐ろしいお話を聞かせてもらいました。花恵さん。この前の御礼に数知れない命が集まっている庭を、間近でご覧いただけたらと思います」

いつから聞いていたのかわからないお美乃が、三人をじっと見つめて笑った。

5

先ほどまで花恵たちが噂をしていた塚原俊道は、自らが揉み手をせんばかりの丁重さで出迎えてくれた。坊主頭の十徳姿はまさに医者ならではの様子だったが、ちらりと見えたその十徳の裏生地は金糸で織られている。目が極端に細くつるりとした白く長い顔は、先ほど食べた膨らみ切った薄餅を思わせた。

「娘がまた無理を申しまして」

お美乃に強引に連れてこられた先は、塚原の屋敷だった。驚きを隠すために花恵は俯き、お貞もそれに倣った。

――まさか――

花恵はお貞の手を気づかれぬように握ると、お貞も汗ばんだ手で握り返してきた。あの金儲けに目のない塚原の娘はお美乃だったのだ。晃吉がお美乃の顔を見た途端すぐに父のもとに戻った理由が花恵にようやくわかった。

「夢幻先生がどうしてもとおっしゃるので、来ていただきました」

お美乃が告げると、

「何を失礼なことを言うのだ。夢幻先生の活け花を自慢したいのはおまえが一番だろうに」

塚原は薄い眉を上げて娘を窘め、

「母親に早くに死に別れて不憫なあまり、我儘に育ててしまいました。どうかお許しください。さあ、お上がりになってください」

二人を促して招き入れると前に立って長い廊下を歩き、渡り廊下を踏んで離れへと向かった。花恵とお貞は間を置いて塚原の後についていく。

――たしかに塚原成金御殿と言われているだけのことはあるわ。全然医者の家らしくない、あ、でも、今、ぷんと薬の匂いがした、咳も――

花恵は渡り廊下から庭の向こうを見渡した。長屋よりも粗末な造りの棟が長く続いている。

――おそらくあれが並みの預かり患者の治療処で、上や特上の患者は今、通ってきた廊下を挟んだ部屋に預かられているのね――

「わたしはイチイの木が好きでならないんで、離れに来る時はいつも、庭とイチイの前を通ることにしてるんです。今日はわざわざ夢幻先生がうちのイチイを活けてみたいって、おっしゃってくださったんで、もううれしくて、夢みたいで、イチイにお礼だって言いたいぐらいで――」

お美乃は完全に舞い上がっていたが、花恵もお貞も黙っていた。

離れではすでに夢幻が、実のついたイチイを活けていた。お美乃の父親だから、夢幻は彦平を診てもらっていたのだと、花恵はようやくわかってきた。

「それにしても趣深い花器ですね」

塚原は夢幻が持参したと思われる渋みのある花器に見惚れている。

「さぞかしお高いものでしょう。イチイの実がとても映えて。さすが夢幻先生でいらっしゃる」

塚原の賛辞が聞こえないかのように、夢幻の手は止まらなかった。

その花器は不思議な形をしていて、手拭の両端を摘まんで結んだかのような様子にイチイとセンブリが活けられている。片側に置かれた水の入った湯呑みから、二、三個実をつけたイチイの小枝が二本、長く天まで届く勢いで突き出ている。また、短く切り揃えられたイチイの小枝数本はとげとげのある常緑の葉が残らず落とされて、真っ赤で艶やかな実が目立ち、その下には紫色に見えるセンブリの花が添えられていた。

「こちらは医家なので種に毒があるイチイの実と、古来医者倒しと称され、苦いが効き目のいい胃の腑の薬として使われるセンブリの花を合わせてみるのも一興かと思いました。ご存じでしょうが、センブリは秋の開花時が最も苦く効き目があるというのも面白く思っています」

夢幻は活けたイチイとセンブリについて話した。

――センブリの花って、名前や苦みで地味な小さな花だと思ってたけど、白い花に藤色の縁取りや細い筋が入っててとっても綺麗。知らなかったわ――

花恵はしばしセンブリの花に見惚れた。気がつくと夢幻の視線はセンブリの藤色の霞のように見える庭の茂みに注がれていて、次に実をつけているイチイに移った。知らずと花恵も倣っていた。

すると突然、夢幻の目が花恵に移ってその目が優しく頷いた。

――生きとし生けるもののうち、わたくしが最も美しいと感じるのは花や草木なのです――

そうその目が語っているように花恵には思えた。

その時、塚原が、

「わたしは何ともその花器が気になってなりません。よほどのお方の作品なのでしょうね？」

花器へのさらなる執着を示した。

「これはわたくしが作ったものです」

夢幻はさらりと言った。

「おや、夢幻先生のお作だったとは――。うれしいですね。それなら猶更、価値がございます」

塚原は興奮の余り顔を赤く上気させている。

「露店でもとめた幅広の竹皮と捩って編んだ竹ひごに漆を塗りつけ、このような形にして遊んでみただけのものですよ」

夢幻の言葉に、

「その遊びが――」

金になると危うく続けかけて、

「夢幻先生が手ずから作られたから素晴らしいのです。わたくしどもの庭のイチイとセンブリを花材としていただけたのも何かのご縁、このままここに置かせてはいただけませんか？　もちろん、相応の対価はご用意させていただきます」

塚原は巧みに取り繕った。夢幻は塚原の方を見ようともせず、ただただ活け花に語りかけるように話した。

「自分でも困ったものだと思っているのですが、わたくしは日頃からついつい拘り続けてしまう癖があるのです。今時分、ここにたわわに実をつけるイチイと、薄紫に見えるセンブリの茂みがあるとお美乃さんから聞くと、活けてみたくて仕様がなくなりました。その理由は種に毒があるイチイは〝死〟、全草に薬効があるセンブリは〝生〟と感じられたからです。今はこのお屋敷に〝死〟と〝生〟が同居しているのはなぜかと、謎めいて思われてなりません。これに得心がいかないと花器に活けたイチイとセンブリをここに置いていくことはできません」

塚原はがっかりしたというよりも、慌てた様子で、

「うちは医家なので〝死〟と〝生〟は日常なのです。不思議なことなどどこにもありはしません」

強く言い切った。

「活けたあと〝しまった〟と思ったのは、これはイチイの〝死〟が主で、センブリの〝生〟は従だからです。本来医家は〝生〟が主であるべきで、〝死〟は願われてはならないものではないかと――。そうとわかっていて、どうしてわたくしはこのような活け方をしてしまったのか？　そこが自分でもどうしても解せないのです」

夢幻の主張にもう塚原は応えず、顔色は蒼白であった。

すると渡り廊下の方から、騒がしい声が聞こえてきた。

「先生がおいでになるとは伺っておりません。まずは俊道先生にお取次ぎしませんと叱られます」

「何を言う、わしは俊道の兄弟子の沢森正海であるぞ、兄弟子が弟弟子を訪ねて何が悪いっ」

「しかし――」

「お待ちください。お願い、お持ちを」

塚原の弟子たちと沢森正海の争うが声が聞こえ、障子ががらりと開けられて、乱れた十徳姿の沢森が目を血走らせ刀を頭上に振り上げた。沢森正海は塚原俊道
「よくも、おのれぇ、亜紀を」

とは反対に色黒で四角い顔と鰓張り(えらば)りが目立ち、背はそれほど高くはないが、がっしりしていて、武者の甲冑が似合いそうな無骨な様子をしている。一緒に乗り込んできた青木が止めるのが遅かった。

「わーっ」

いの一番に悲鳴を上げ腰を抜かしてのけぞったのは塚原であった。

見かけ倒しで剣術の心得のない沢森は、振り上げた刀をやみくもに振り下ろそう

としている。

一体何が起きているのか皆目わからない花恵は、咄嗟に夢幻を見た。

――夢幻先生が取り押さえてくれたら――

しかし、夢幻は何事も起きていないかのように鎮座している。

「はやく逃げましょう」

叫んだ花恵にお貞とお美乃が従った。三人は縁先へと逃れた。

「おのれえ」

沢森は花恵たちを一睨みするものの、塚原に向かって興奮と怒りだけで使いつけない刀を動かしている。俊道は恐怖のあまりあわわわと洩らすばかりで、完全に言葉を失っている。

「狼藉は許さぬっ」

青木は一喝した。

「死ねぇ」

沢森の刀が塚原めがけて振り下ろされた刹那、間一髪で青木の抜いた刀と打ち合った。二刀が互いに満身の力を込めて宙で押し合っている。あろうことか、逆上の極みである沢森の刀が常軌を逸した怪力を発揮して、手練れであるはずの青木を壁際にまで追い詰めた。

「旦那、危ないっ」

思わずお貞が大声で叫んだのと、ふわりと浮いたように立ち上がった夢幻が、沢森の右脇の下にそっと手を差し入れて、刀を落とさせたのとはほとんど同時であった。

夢幻は沢森の刀を青木に渡すと、

「さあ、皆さん、もう大丈夫ですからこちらへ来てください」

微笑みながら、皆を見つめた。夢幻にはすべてわかっているようだった。


沢森は夢幻に制されてから、抜け殻のようになって蹲り、塚原は遠く離れたところで弟子たちに周りを取り囲ませていた。その輪の中で、

「お父様、お父様、よかった」

お美乃はいつもの勢いはどこへやら、何度も呟き、塚原に抱きついて離れようとしない。

お貞は、

「旦那に怪我がなくてよかった。先生、ありがとうございます」

目に涙を溜めている。

花恵は夢幻の先だっての活躍を思い出していた。でも、どうして沢森先生が塚原先生を？　頭の中が混乱して立ちすくんでいた。すると、青木は神妙な面持ちで、話を切り出した。

「沢森先生が、お内儀の亜紀さんを塚原先生に殺されたと報せて来たのでご一緒に参ったんです。茶会で頓死されて、茶仲間の話を聞くとお兼さんと同じ死に方で、最中を食べたあと、急に痙攣したそうなんです。それを知った沢森先生が、塚原先生が毒を盛って殺したと」

「何ですと？　奥様の亜紀さん？」

塚原はさらに青ざめた。

「おまえのところは多種多様な薬をぴんからきりまで品揃えし、患者たちにやたら薬を出しては儲けすぎている。中にはたいして効き目のないものもあると聞いているが、頼まれれば毒とて売っているだろう？　私の妻にまで手をかけおって。亜紀はおまえのところの毒で死んだのだ」

沢森は鬼のような形相で叩きつけるように罵声を浴びせかけた。

「どうして沢森先生の奥様がわざわざ父上のところに？」

怖いもの知らずのお美乃は、沢森を睨んで訊いた。

「それはその――」

沢森が急に口籠って俯くと、

「それは奥様が身籠っておいでだったからでしょう。彦平が何度も通われているのを見かけておりますから。たしか塚原先生は五臓六腑を診る内科の本道だけではなく、賀川流のお産の医術にも通じていると伺っています」

夢幻は、平然と言ってのけ沢森を見据えた。賀川流とは母子を共に守る目的で出産用の鉗子を発明した、産科医賀川玄悦の名にちなんでいる。

「身籠っている女を殺害するとは極悪非道の極みだ」

青木は怒鳴ってすぐにでも塚原に縄をかけようとしたが、わなわなと震え出したのは沢森の方だった。

「わたくしは――」

意外にも落ち着いた口調で塚原が口を開いて先を続けた。

「亜紀さんの命ではなく、やがて生まれてしまう赤子を始末するつもりでした」

聞いている沢森の顔がみるみる蒼白になっていくのが見てとれた。獰猛な赤鬼が陰気な青鬼になっていくようだった。

「早くに親が死に、医家の養い親の元で医術を学んだわたしは、金にさえなれば患者の意のままに従ってきました。安楽に死にたいという不治の病のお大尽や容色が衰えやがて病をも得るだろうから日々を楽にして過ごしたいという遊女には高い阿片を都合しました。わたしが賀川流を学んだのは、不義の子を身籠った女たちのためです」

塚原が一点を見つめながら語る話を聞いているお美乃の表情は暗かった。

「彦平は近くで塚原先生を見ていて思ったそうです。損得勘定に厳しく決して情には流されないお人だと。その手の人は決して損なことはしない。人殺しは打ち首になるのですから損どころではない、馬鹿げた行いです。疑いがあるだけでも、命を取られるかもしれないのです」

夢幻の言葉に青木は真実がどこにあるのか見極められず、

「しかし、なぜ亜紀さんは、沢森先生の子どもをわざわざ始末する理由があるんです？　お兼と亜紀さんがここに通って治療を受けていた。怪死を遂げた人物が同じところに偶然にも通っていた、その方が疑わしいです。二人の薬に毒を混ぜることだってできるはず」

　思わず訊いていた。塚原が黙っているのをいいことに、沢森はすぐに口を開いた。

「昔、塚原と俺は水茶屋で働いていた亜紀を競ったことがありました。俺がどれだけ亜紀に夢中なのか、わかっているはずなのに——。結果、金を湯水のように使って水茶屋の亜紀の元へと通い続けた俺が勝った。俺の生家は本両替屋だったんで、末っ子の俺に両親は甘くてな。こうして人の口に上る医者になれたのも生家のおかげだった」

　沢森は一瞬、ふっと両親をなつかしむ穏やかな眼差しになったが、またすぐに怒りを満面に湛えた。

「付け火をされた時だって夜中だというのに亜紀はうちにいなかった。おおかた塚原、おまえと一緒にいたんだろう。おまえは亜紀が身籠った自分の赤子を殺そうとしたんだな」

「ひどい誤解を」

塚原はしごく平静な声でぽつりと呟いて続けた。

「わたくしは医者として亜紀さんの話は聞いたが断じて男女の関わりなど持ってはいない。亜紀さんのお腹の子の父親は、沢森先生、あなたが懇意にして目をかけて庭の手入れをさせている若い植木職人ですよ」

「馬鹿な――」

信じられないという顔で、沢森は塚原を睨みつけた。

「わたくしは、患者のことは誰にも口外すまいと思って生きてきましたが、下手人にされては困りますから」

夢幻はしばらく黙って、二人のやりとりを見つめていたがようやく口を開いた。

「彦平はお兼さんと年齢が近いこともあって、親しくなったんです。亜紀さんはお兼さんに相当の金を借りていて、借りている金よりはるかに高価な簪や根付け等のかざり物で返していたそうですよ。お腹の赤子のこと以外に、そのことも塚原先生は知っていたのではないですか」

夢幻の問いかけに、塚原は応えそうになかった。花恵やお貞は、すでに塚原が殺したのではないと確信していた。

「わたくしはお腹の子の始末に賀川流を勧め続けていました。その頃までお腹で子を育てれば赤子の頭を潰さなくても、子が出来ない富裕な夫婦が〝是非とも欲しい〟と名乗りを上げてくるかもしれないからです。その方がわたしもいい仕事になります。ところが、その男は亜紀さんの身重な姿を嫌い、薬を使うとすぐ堕ろせる中条流を勧めているので逆らえず、もう決めてしまったから、と亜紀さんに断られました。それがわたくしが亜紀さんを見た最後でした。そして、今、あなたの口から亜紀さんが亡くなったと聞かされたんです」

話し終えた塚原はぞっとするような冷たい笑いを浮かべた。

「一体、誰なのですか？　お兼さんや亜紀さんの命を奪ったのは？」

青木は訊かずにはいられなかった。

「最中ですよ。二人とも、それを食べたあと亡くなっていますからね。茶会で出された最中を調べるといい、イチイのような毒は餡の甘味でごまかせます」

夢幻の言葉に、青木はすぐに塚原に詰め寄ろうとしたが、

「イチイなど桜や銀杏ほどではないが市中にそこそこの数植えられています。当家だけが植えているわけではありません。父上はわたしが生まれた時にイチイを植え

て、嫁する時には大きく育っている、木目が綺麗なイチイで一刀彫の茶道具を拵えるのだと言っていました。患者さんを殺すなんて、あり得ません」

お美乃は毅然として父に罪はないと言い切った。

沢森の顔からは血の気が引き、か弱い声で呟きはじめた。

「ここに通い出してから、亜紀の相手は塚原しかいないと思っていた。塚原が娘のためにイチイを植えたことも聞いていた。だから、イチイで亜紀を殺した罪を着せて、この世の不幸を全部味わわせたかったのに。生業とはいえ一役買っていたあの婆で試したのに。う、嘘だあ、う、嘘だあ、お、おのれだあ、おのれ、おのれだあ」

沢森は再び塚原に向かって飛び掛かっていこうと立ち上がったものの、振り上げた拳で叩き続けたのはおのれの頭だった。

6

こうしてお兼と亜紀殺しを頼んだ沢森正海と殺した植木職人仁七は、裁きが下って即刻打ち首となった。青木が野良猫の動きを調べていくと、沢森の家で頻繁に餌付けをされていたこともわかり、猫で試していたことは明らかだった。

庭の手入れをさせていただけではなく、罪を分け合う仲間にもして、猫やお兼を殺させた若い植木職人が自分の妻とも通じていたと知った沢森は、終始虚けたように無言であった。仁七は亜紀に飽きていたのか、はじめから狙いは金や金目のものだったのか、とにかく、その手のものを根こそぎさらって逃げるつもりだったようだ。

若い植木職人が下手人の一人だと知れて、肝煎である花恵の父茂三郎は一月煙草と酒の両方を断つだけではなく、無言の業を続けた。

塚原の阿片使いは調べられたが〝やや多用にすぎる、今後は気をつけるように〟との注意を受けただけであった。それでも人の口に戸は立てられず、塚原俊道は人殺し薬を売っているとの悪評が立った。

お美乃は夢幻のところへはぴたっと通わなくなり、大会への作品制作も諦めたかのようだった。

「花恵さん、お美乃さんのことといろいろ気にしてたけど、夢幻先生がお美乃さんを近づけていたのは、半分はこの真相を突きとめるためだったんじゃないかしら？」

お貞が言ったが、花恵は別のことが気になって仕方なかった。

——人殺し薬を売る医者成金の娘だなんて言われて、お美乃さん、さぞかし辛いだろうな——

花恵は理不尽な噂で苦しんだかつての自分と重なって、塚原の屋敷を訪れてお美乃に秋明菊を届けて帰った。お美乃とすぐには仲良くなれる気はしなかったが、このまま二度と会えなくなるのは寂しいと思っていると、しばらくして、お美乃から文が返ってきた。

お美乃の文字は実にお美乃らしく、美しくたおやかなものであった。

患者さんが来なくなって、私も父俊道も心が空になったようでした。あのあと、父は「おまえの生まれた時に植えたイチイが人殺しに使われなくて本当によかった」とさめざめと涙を流しました。母が亡くなった時にも泣かなかった父がです。得意の泣き顔でも泣き真似でもありません。

今年の菊の大会は諦めましたが、夢幻先生が置いていってくださったあの花器に今は実をつけた唐辛子と、まだ咲き続けているセンブリの花を活けてみています。でも——。

イチイの実は鳥が残らず食べてしまい、もう、影も形もありません。多くの鳥たちにとってイチイの種は毒ではないようです。そして思い出すのは、夢幻先生が活けてくださったあのイチイの実の素晴らしく美しかったこと――。さすが、先生、自らイチイの木に登られて枝ごと切られただけのことはあります。

夢幻先生の活けたイチイの実のお作があれほどだったのは、先生のお力だけではなく、イチイの実の真っ赤で綺麗な皮が人には毒となる種を守っているからかも。いいえ、毒の魔力までも、先生は味方につけているからなのだと罰当たりなことを想ったりしています。

いつかまた、お目にかかれる日まで。

美乃

花恵様

これを読み終えた花恵は、うわべの華麗さだけで夢幻に惹かれてはいないお美乃をなかなか侮りがたい恋敵だと思った。

第三話　恋文

1

その日、花恵が川辺や草地を散策して、野の花を集めて戻ってみると、父茂三郎から七五三仕立ての見事な嵯峨菊と文が届けられていた。花の大きさは三寸弱（約九センチ）から六寸弱（約十八センチ）の中菊で、色は白色、黄色、朱赤色、濃桃色。独自の細長い支えで、七尺弱（約二メートル）の高さに育てた嵯峨菊を、きっちり下から七輪、五輪、三輪を決められた間隔で開花させた七五三仕立ては、嵯峨菊作りの最高峰とされている様式でもある。

――ああ、今年もやっと公方（くぼう）様の嵯峨菊見のための献上が終わったのね――

嵯峨菊はよくある菊のように咲いた後、数日後にその舌状花が直立して中心部に寄り集まり筆のような形になる。糸のように細い花弁はたいそう繊細優美で公家の姫のように上品だと称されてきたが、やや地味で近寄りがたい印象は否めない。

こうした嵯峨菊を将軍が愛でるのはその名の通り、千年以上も前、嵯峨天皇（七八六〜八四二）が御所付近に自生していた野菊を改良、御所の池の周りに植えたという言い伝えによるものであった。

――千代田のお城ではとかく、雛祭りや嘉祥食い同様、御所のしきたりが有難く見做われているのね――

雛祭りは言わずと知れているが、毎年水無月十六日、将軍が大名たちを集めて菓子を与える行事が嘉祥食いであった。そして将軍家公式の菊見といえば嵯峨菊見がその一つなのである。

添えられていた文には、こう書かれていた。

やっと菊の時季も終盤に近づき、今年もつつがなく公方様への嵯峨菊の献上を終えて安堵したところだ。

実は晃吉のことを案じている。近頃は相当に腕を上げていて、そこそこに仕事はやりおおせるのだが、気持ちが花や草木にまるで向いていない。

花恵ならそんなのは今に始まったことではないと、一笑に付しそうだが、ため息ばかりついているのが今までと異なる。そのうえ、どうしたことかあの油紙に火がついたようなおしゃべりが黙りがちだ。油紙が湿ってしまったのかもしれぬ。一度、こっちへ帰って晃吉の様子を見てはくれまいか？

よろしく頼む。

父

花恵へ

そこで、染井に戻ったものの花恵は晃吉のことよりも先に、気になっていることがあった。

早速、厨に行き茂三郎が母の死後も作り続けている梅酒が入った瓶を見つけると、湯呑みに汲みとって啜った。

「まあ、美味しい。おとっつぁんの梅酒作りの腕もたいしたものじゃないの」

つい洩らしてしまうと、

「それはそれは、お褒めに与かりまして」

渋い声は晃吉のものではなく、背後に茂三郎が立っていた。

「晃吉は留守をしている。この頃、仕事を終えると、どこへ行くとも断らず出かけることが多いのだ。花恵が花仙を開いた時、しきりに案じるわしに『いや、なに、俺が毎日お嬢さん見て来ますから大丈夫ですよ。どうか安心してください』とあいつは言った。それで、わしが用向きを頼まない時でも、おまえのところへ足を向けているものだとばかり思っていたが——。今日、おまえが来ることは知っているから、悩み事や先々のことも含めて聞いてやってくれないか?」

茂三郎の表情は少し沈んでいた。

「聞いたところでたぶん、また人気役者気どりで、楽しくやってるんじゃない? ほら、ずっと前、お汁粉屋さんの娘さんに想われて、お汁粉食べ放題なんだって自慢してたことがあって、おとっつぁん、大きな雷の代わりに拳骨を二つも見舞わせたじゃない——」

花恵が軽く受け流そうとすると、茂三郎は言った。

「小心者の晃吉のことだ、素面では言えねえことかもしれないから、一つわしが特別な九年酒を飲ませてやろうと思う。その名の通り九年寝かしている。上物の新酒の三倍以上の値がつくの普通だ。もちろん、おまえも少しは相伴してもいい。こいつは寿の酒とも呼ばれてるしな」

――寿の酒って祝言の時のお酒じゃないの？――

茂三郎の自分たちへの思い入れに呆れたが、何も言わなかった。

あっさりと割り切れるのは晃吉のことは年齢こそ上だが、花恵には頼りない兄のようにしか思えなかったからであった。


夕方、花恵は夕餉の支度に厨に立って、この時季ならでは菊の手鞠寿司とイカの菊花詰めを作った。手鞠寿司の方は亡き母仕込みだが、イカの菊花詰めは花恵が考えついた肴である。

料理には食用菊を使う。花恵の実家では自分のところで食べる分だけ、黄色と紫色の食用菊を少量育てている。手鞠寿司は一口大に握った酢飯の上に、酢水で茹でた黄と紫色の食用菊の水気を絞って載せ、ぬれ布巾で包んで形を丸く整えたものである。菊の葉は色どりに添えるのだが、菊の香りが好きな茂三郎は生のまま載せるのを好むので、苦みのあるガクから外した花びらだけを使う。

イカの菊花詰めはまずはヤリイカのワタを取って柔らかく茹でて笊に上げ、水にさらし、その中に茹でて甘酢に半日ほど漬けた菊の花びらを詰め込み、適当な大きさに切り分けて菊の葉を敷いた大皿に盛りつける。

花恵の料理をたいらげ、ほどよく酔いが回った茂三郎は、

「似てきた、似てきた、お瑠衣が生きかえってきたようだな」

満足そうに愛娘を見て、つと晃吉に視線を移すと、

「わしの若い頃は仕事にも女にも、もっと覇気があったぞ」

ふんと鼻こそ鳴らしたがその声は優しかった。

「花恵、ちょっと」

呼ばれて座敷を出て父の部屋までついていった花恵は、

「これこれ」

押し入れの奥にしまい込んであった九年酒を渡された。

「頼むぞ」と言われ、花恵が甕を抱えて一人で座敷に戻ると、

「おっ、待ってました、親方の九年酒っ」

晃吉がわざと歓声を上げた。

「知ってたのね」

「親方は隠すのが下手ですから。時々押し入れを覗いて眺めてました」

晃吉は人差し指で涎を垂らす仕草をした。

「まさか、お相伴に与れるなんて思ってもみませんでした。あ、そうそう、こっちにも驚いてほしいものがあるんです。待っててください」

そう言って、厨へ入った晃吉が、まもなく大皿を捧げ持って座敷に戻ってきた。

「菊の花びら巻きです。久しぶりにお嬢さんと飲めると思って、馴染みの棒手振りの魚屋から叩いて買った鯛と海老を使ってます。それぞれ当たり鉢で当たっておいて、人参と胡瓜各々のかつらむきの上に菊の酢漬けを載せ、さらにその上にこいつらを載せてきっちり巻き込むと出来上がり。人参は鯛のすり身、胡瓜は海老のすり身が色的、味的にも合いますかね。菊の花は人参と鯛の方が紫、胡瓜と海老のは黄色かな。どうです？　綺麗な上に美味い肴ですよ、これ」

臆面もなく晃吉は無邪気にはしゃいでいる。

——この顔を見てると悩みなんてあるように見えない。おとっつぁんはわたしが冷たすぎるって思ってるかもしれないけど——

「飲みましょう」

花恵は晃吉が準備してきた銚子に九年酒を注いだ。

「食べてくださぃ」

晃吉は箸を渡してきた。

一口、二口、箸をつけたところで、

「九年酒、たしかに甘味とは異なる深みのある味ね」

花恵は感心しつつも、

「おとっつぁんが晃吉は近頃、上の空の時が多いって案じてるのよ。悩みでもあるんじゃないかって。おとっつぁんに言いにくいことなら、わたしから——」

伝えると、

「お嬢さんへの俺の気持ち、よくわかってますね、さすが親方です」

晃吉は俯いて小声になった。この時、晃吉の片耳がぴくりと動いて、

「嘘、おっしゃい」

花恵がやや険しい声を出したのと、

「なあんちゃってね」

顔を上げた晃吉がけらっと笑ったのはほとんど同時であった。

晃吉の嘘は片耳の動きで見破れる。たとえば客の注文で植木を届けに行き、寄り道をして帰りが遅くなって問い詰められたような時、言葉とは真逆に晃吉の片耳はぴくぴくと動いてしまう。

――おとっつぁんは晃吉は小心者だと言ってたけど、根は善良な証だわ。卯年の晃吉にはぴったりな癖。晃吉、前世は兎だったのかもしれない――

花恵は晃吉のこの癖が嫌いではなかった。

作り笑いを消した晃吉は何やら物思いにふけっているような不可解な表情になった。

「俺が貰った文の話、したことありますよね」

「花仙でお貞さんも居合わせた時よね。人気がありすぎて困った、困ったなんて言ってて、実は笑いが止まらないってやつでしょ。それがどうかしたの？　それともこのところ、そういう文が舞い込まなくなってて、しょげてるとか――」

「恋文は恋文のはずなんです。けれど誰から貰ったのか、まるで見当がつかない一通があるんです。返事を書きたくても、手がかりってもんが一つもないんです」

晃吉は打ち萎れて項垂れてしまった。

いつもと違う態度に一瞬慌てた花恵だったが、

――〝なあんちゃって〟なんていうお惚けがまた、続くのかもしれないし――

少しの間、無言を通したが、晃吉は自分の膝の縞柄木綿をぎゅっと強く摑んだままでいた。

「貰ったのは一度だけ？」

花恵はそっと訊いた。

こくりと晃吉は頷いた。

「それ、見せてもらえない？」

花恵の言葉に、

「でも、ちょっと――」

晃吉は躊躇して、

「恋文だとは思うんですけど――」

口籠った。

「変わった恋文なんだと思います」

「じゃ、恋文じゃないかもしれないじゃない？ さあ、見せて」

花恵が強い口調で促すと、やっと立ち上がった晃吉は自分の部屋から文を持って戻ってきた。

2

晃吉言うところの恋文はかなり長く、不思議なものだった。

昔、ある山里に老いた母と娘が住んでいた。ある時、この娘が野良仕事を終えて暗い山道を歩いていると、旅の途中、財布を落として飢えかけ、病を得て蹲っている若い男を見つけ、家に連れ帰り、母娘（おやこ）で介抱、厚くもてなすことにした。男は整った見目形と身形（みなり）で貴人然として見えたからである。

ところがこの男が家に来たとたん、飼っている雄鶏が狂ったように騒ぎ続けた。母娘がもてなしの用意をしている間も鳴き止まない。「これではせっかくのお心尽くしをとてもお腹におさめる気になりませんし、夜も眠れませんね」と男は弱々しく呟いた。雄鶏の鳴き声に脅されているその男は膳の箸も取らずに憂鬱そうであった。

そこで、仕方なく母娘はこの滋養のある雄鶏を弱っている男に振る舞うことに決めた。今ここにいる旅人が身分のあるお方であったら、どんなお咎めを受けるか知れたものではないからである。

母親が雄鶏を捕まえようとして追いかけたが、察した雄鶏は悲しそうな目を母娘に向けて羽ばたき、飛べない鶏にはあり得ないことなのだが飛んで行ってしまった。

恐るべき変事は夜中に起きた。突然、この男が鬼に変わり娘に襲いかかった。実はこの男はオオムカデの化身で、柔らかな娘の血肉を貪り食おうとしていたのだ。

この時、どこからともなく、あの雄鶏が現れてオオムカデの鬼と死闘を繰り広げ、相手を突き殺した後、力尽きて死んだ。母娘は自分たちを守ってくれた雄鶏に深く感謝して、その亡骸を家の庭にねんごろに葬ったという。

――何、これ？――

花恵は読み終えて、ぎょっとした。

ある時までこの世に摩訶不思議なことなどあり得ないと思ってきた花恵だったが、夢幻と共にこれでもか、これでもかとあり得ない光景に出くわす闘いに関わって以来、到底信じられないこともこの世にはあり得るのだと知ってしまった。

「これが恋文なの？　昔話や草紙なんかによくある鬼退治の話じゃない？」

「見目形のいい貴人に化けてて、娘の血肉を貪り食おうとするオオムカデの鬼から、命懸けで娘を救った雄鶏。これはどう読んでも男女の愛の話だと思うんです。見かけはいいが実は悪い男と謹厳実直な雄鶏のようないい男、この二人に想われる女の話なんですよ、きっと。これを書いた娘は絶対、俺のことを愛ゆえに死ぬ雄鶏に見立ててるはずなんですよね。それに、宛名にはちゃんと晃吉様って書いてありますし。見たでしょ」

晃吉にいつもの饒舌が戻った。

「おまえがたとえ雄鶏の英雄だとしても、ただの鶏にすぎないから、見栄えのことは書いてないけどね。他の恋文はおおかた、目とか鼻とか口とか、髷や耳までおまえのこと褒めてるんでしょ」

花恵は思い切り茶化してみた。

すると晃吉は、強気に答えた。

「俺のこと、雄鶏にしたのも相手の奥ゆかしさですよ、きっと」

「でも、相手はどこで見初めたのかしら？　恋文は雄鶏ではなく植木職人のおまえに来たんだから、相手は山里の美女ではなく、市中にいるはずよ。もしかしたら、美女ではないかもしれないけどね——。おまえだって、そのくらいのことわかってるでしょ」

「そんなの考えたくない」

花恵の言葉に、晃吉の頬がぷっと膨らんだ。

「いつまでもふわふわ仕事に身が入らずにいたら、おとっつぁんだって他の弟子たちの手前、おまえをここに置いとくわけにはいかなくなるのよ、わかってる？」

「そうですよね」

晃吉はがっくりと項垂れて、寂し気な表情を浮かべた。

——だったら、この文を出してきそうな相手のこと、思い出すとかしてみなさいよ。まるで心当たりがないの？——

言いかけて花恵は言葉を呑み込んだ。

「ただ、返事を出したいだけなのに——」

「相手がわからなきゃ、返事は出せないわよ」

「わかってます」

晃吉は口をもごもごさせるだけで、後が続かない。

「いっそ、こんなよくわかんない文のことなんて、すっぱり忘れたらどう？」

思い出すことも、諦めることもできずにいる晃吉に、花恵は苛立ってきた。

「他の女からの恋文には惹かれないんです。この文にはたとえ恋文じゃなくても縁を感じるんです」

やや自嘲に近い笑みを浮かべた。

「もちろん恋文であってほしいけど」

花恵には急に細すぎる首筋だけではなく、晃吉自慢の町人髷が映える形のいい頭さえも痛々しく見えてきた。

「市中を歩いてて、ただすれ違った相手ってことはないの？」

「そういうのはたいていおちゃっぴいか、流し目が色っぽいその筋のお姐さん。オオムカデと雄鶏の話、俺に宛てて書いてきてくれたの、これ、俺の勘なんですけど、長くずっとこっちを見てくれてた女のような気がするんです。そういう相手に俺、好かれたいのかもしれない」

真顔の晃吉からは、しごく真面目な応えが返ってきた。

その後、二人は話が続かなくなり、

「そろそろ休みましょう」

花恵が切り出すと、

「九年酒、たいして減ってませんよね」

晃吉は九年酒の甕から目を離せずにいた。

「よかったら、おまえにあげる」

「わっ、ほんとですか。待ってたんですよ、その言葉」

歓声を上げた晃吉は、常の調子に戻っていたが、甕を抱えて座敷を出ていく時、

「俺のこと長く見ててくれる女ってなると、お嬢さんは別にして、親方と一緒に出

入りしてるお屋敷の方なんですよね。だけどそこのお嬢様だとしたらそもそも身分違いだし、なーんにも思い当たらないんです、これが――」

真剣な口調で洩らした。花恵は、いつもの晃吉とは違って真剣な様子に何か役に立ちたいとは思うものの手がかりはなかった。

翌朝、花恵は縁側に座っている茂三郎に朝の煎茶を運んだ。梅酒から取り出して、砂糖煮にした梅の実を一粒、煎茶と一緒に食するのが茂三郎の日課であった。

「やはり、晃吉が運んでくるのとは違う、おまえのはおっかさんの味がするよ」

茂三郎は目を潤ませた。

「九年酒、晃吉と二人で美味しくいただいちゃった」

花恵があえて明るく伝えると、

「そうか」

茂三郎は短く応えてから、

「晃吉はどうだった？」

切り出した。

「元気だったわよ、いつもの調子」

花恵は前もって用意していた応えを口にした。

「そうか、まあ、あいつが元気ならいい。花恵、おまえ、あんまり晃吉につっけんどんにするなよ。気が弱い分優しいし、あれでなかなかいいところもあるんだから――」

そう呟いた茂三郎は立ち上がって、道具小屋の方へと歩いていった。

3

――おとっつぁんに訊けば晃吉と一緒に出向いて仕事をした家がおよそわかって、相手の手がかりが摑めたかもしれないのに――

染井からの帰り道、花恵は少なからず悔やまれた。

――植茂にいるほかの弟子たちに訊くのだけは駄目よね。ただでさえ、自慢屋の晃吉は、この手のことじゃ、疎まれ気味なんだろうから。相手が見つからず仕舞いになったり、悪戯だとわかったりしたら恥を掻いて、今よりもっと落ち込むのは晃吉だし――

だんだん気もそぞろになってきたその刹那、

「どこ見て歩いてんだっ」

怒声が飛んできた。

米俵を載せた大八車が通り過ぎたところで、ぶつかりそうになった花恵は咄嗟に避けたのはよかったが、足がもつれて転倒していた。地面に突いた片肘にすり傷ができていて、立ち上がろうとすると片膝に痛みが走った。立ち上がれずにいると、

「手当をしましょう」

薬籠を手にした若者が駆け寄ってきた。

「大丈夫です」

痛みを堪えて立ち上がろうとするがくずおれてしまう。

――困った、困ったけど――

「わたしは医者です。どうか手当させてください」

痛みがひどいせいもあって、相手のさらなる申し出に花恵は仕方なく頷いた。

「ご親切にありがとうございます」

「幸いたいしたことのない傷のようです」

若い医者は花恵の肘のすり傷を綺麗に清め、すぐに晒しの包帯をぐるりと巻き付けた。

医者だと名乗った、その若者は理知に溢れた目をしていた。背丈はそれほどあるわけではないが、逞しい身体をしているのは外見からもわかる。

「明日には包帯をはずしてください。すり傷は乾かした方が早く治ります」

嫌というほど地面に打ち付けてしまった片膝には丁寧に膏薬を貼ってくれた。

「膝の方は打ち身です。この膏薬には少々痛み止めも入っていますが、今日は歩かない方がいい。家はどこですか？　お送りしましょう」

やおら背中を向けて、

「わたしが背負いますのでどうぞ」

花恵に乗るように促した。

「そんな――」

一瞬たじろいだ花恵は周囲を見廻し、諦めて医者の背中に乗った。生薬の混じった男の汗の匂いはそう不快ではなかった。

――ったく恥ずかしい――

花恵を背負って立ち上がった若い医者は、

「さて、どちらまで?」

行先を訊いた。

「八丁堀は七軒町の植木・花屋花仙まで。お世話かけます」

「ほう、花屋さんだったのですね」

若い医者は八丁堀目指してゆっくり、力強く歩き出した。

「ええ、もちろん小さな商いです」

「わたしは、長崎で蘭方を学んで帰ってきたばかりなのです」

「まあ、長崎で――」

本格的な蘭方医学を習得するには、阿蘭陀（オランダ）との交易場所の出島があって、異人の医師に学ぶことができる長崎行きが必須と言われている。

「本道の医者は古くから伝わる漢方が一番といい、出島にいる異人医者はたちどころに痛みを治す薬を使うので畏怖されていますが、わたしは双方の長所を治療に活かしていきたいと思っています」

――当世、長崎帰りを自慢する医者が多く、中には似非(えせ)長崎帰りもいるというのに、ずいぶんしっかりした考えの方だ――

花恵はとても感じ入った。

細川越中守の下屋敷を過ぎたところで、

「着きましたら少しお待ちくださいね。花をご覧になってお茶でも飲まれて――。薬礼も差し上げなければなりませんから」

花恵が言うと、

「薬礼は不要です。そちらから頼まれての治療ならいただきますが、たまたま出くわしただけですので」

若い医者は力強い声で、きっぱりと断った。

「そうおっしゃられても、それではこちらの気持ちがすみません。本当に心から感謝しておりますので」

「だったらあなたのそのお心だけで充分です」

この時、花恵は若い医者の心の臓の鼓動を聞いたような気がした。

「わたしは心を形にしたいんです」

花恵は食い下がり、

「あなたも頑固ですね」

相手は愉快そうに受け止めた。

「すみません」

花恵が素直に伝えると、

「実はわたしの頑固も筋金入りなんです」

若い医者が一歩も引かないとわかり、この後二人の間の会話は途切れた。

そして、花仙が見えてくると、

――何でよりによって――

戸口の前には、青木秀之介が立っていた。

「花恵さーん」

青木が駆け出してきた。

「どうなさいました？」

花恵に掛けた言葉は親身だったが、若い医者を見る視線はやや険しい。あろうこ
とか、青木は若い医者の肩にぐいと手で力をかけてその場に屈ませると、自身も並

んでその隣に蹲るように屈んだ。思い詰めた子犬の目になっている。

「花恵さん、こちらへ移ってください」

「そうは言っても、まだ薬礼を、せめて薬礼なりとも――」

花恵が言いかけると、

「申し上げたように薬礼は要りません」

若い医者はきっぱりと言い切った。

「困ります――」

花恵の言葉に、

「こちらも困るのです」

若い医者は繰り返し、

「では、薬礼ではなく、花仙の花で気に入ったものを貰っていただくというのではいけませんか?」

とりあえずは若い医者を説き伏せる案を思いついた。

「残念ながらわたしは美しく咲く花に全く興味がありません。必要なのは薬草だけです。ただし、妹は呆れるほど綺麗な花が好きなので後日、妹と一緒にお店へ伺わせていただきます。よろしいでしょうか？」

「もちろんです」

ようやく望む答えを貰えた花恵は若い医者の背中から下りた。まだ痛みは多少あったが、膏薬の効き目が出てきたらしく、一歩、二歩、三歩と何とか歩ける。

「足を痛められた様子ですね。大丈夫ですか」

「大丈夫、歩けますから」

花恵は青木に告げると、

「妹さんとご一緒においでになってくださいね、きっとですよ」

帰っていく若い医者を笑顔で見送った。

――あっ、名を訊くのを忘れてしまった。でも、また来るとおっしゃっていたから――

安堵した花恵に、

「今日はこれを持参いたしました。母が菊茶を作りまして、花恵さんにもということで」

青木は手にしていた菊茶の入った紙包みを見遣った。菊茶は摘んだ小菊を丹念に日に当てて乾燥させたものである。香りと風味を逃がさないため、花弁だけをばらばらにして乾かすわけではないので、完全に乾き切るまでには時がかかる。急須にこの乾燥菊を入れ熱湯を注いで蓋をし、三百数える間蒸らすと飲み頃になる。

「菊だけの菊茶も菊の香りが満喫できてよろしいのですが、母が申しますには、煎茶と混ぜても深みが出てなかなかだそうです。今日はわたしが菊煎茶をお淹れします」

自信あり気に、青木が買って出た。子犬の目が嬉々（きき）としてきた。

「大丈夫ですか？」

今度は反対に花恵が心配になった。

「母上からみっちり習いましたから大丈夫です。たかがお茶、されどお茶だとよくわかりました。厨へ案内していただけますか？」

「ええ、もちろん」

「外は風が冷たくなってきましたし、花恵さんは家の中で休んでいてください」

礼を言った花恵は青木の肩につかまり、共に一度家に入ったが、簞笥（たんす）から袷（あわせ）の半纏（はんてん）を取り出して重ねると、庭に出て縁台に腰かけ菊茶を待った。

4

亥の月（十月）に入り玄猪を祝う日が近づいてきた。大豆、小豆、大角豆、胡麻、栗、柿、砂糖の七種の粉を合わせて猪の子、うりぼうに似た亥の子餅が作られる。これを最初の亥の日、亥の刻（午後十時頃）に無病息災、子孫繁栄を願って食する。こうした風習は隣国の中国から伝えられ、京の禁裏にて行われたのが始まりで、武家にも広まり、やがて江戸市中でも行われるようになっていた。

そんなある日、夢幻から招きの文が花恵に届いた。

今年は親しい方々とわたくしなりの玄猪を祝ってみたくなりました。駕籠を用意いたしましたので、亥の月、亥の日、亥の刻に是非ともおいでいただければと思っています。

夢幻

花恵様

足を挫いて以来、夢幻に花を届けていなかったので、花恵は久しぶりの文がうれしかった。

当日、花恵が迎えの駕籠で夢幻の屋敷に着いてみると、いつものように出迎えた彦平が、

「今夜は旦那様の炉開きの日でもございまして、亥の子餅が主菓子になります」

そう告げて茶の湯のための炉が切られている広間へと案内した。

亥は陰陽五行説によれば火災を逃れられると言われていて、そろそろ寒くなる亥の月の亥の日を選び、囲炉裏や炬燵に火を入れ、火鉢を出すという風習も玄猪の祝いに重ねられた。茶の湯の世界でも、この日を炉開きの日と定めていて、茶席の菓子として亥の子餅が用いられる。

先に着いていたお貞が、亥の子餅の載った菓子皿を運んできた。

お貞は彦平と共に二種の亥の子餅を作っていた。一種目は七種の粉を合わせた亥の子餅粉に水を加えてよく煉り合わせ、蒸して伸ばし、小豆の粒餡を包んだもので

あった。長丸の形をした薄茶色の表面に焼きごてで、うりぼうならではの愛らしい毛筋がつけられている。二種目は普段から馴染みのある漉し餡の牡丹餅であった。白玉粉を使った餅に漉し餡がすっきりとまぶしつけられていた。長丸の形はたしかに猪の子である。

「花恵さん、食べ比べてみてちょうだい」

お貞に言われたまま、花恵は二種の両方を口にした。

「七種の粉の方は本格的で素朴な味、もう一方は牡丹餅にすぎないけど、形も漉し餡のまぶし方も綺麗に整ってて、如何(いか)にも茶の湯のお菓子という感じ。わたしはどちらも捨てがたくて、好きよ」

「やっぱりね」

お貞は満足そうに頷いた。こうして茶席の亥の子餅はこの二種ともが供されることになった。

菓子が用意された後、

「わたしまでお招きに与るとは恐縮至極です」

青木秀之介が訪れた。

「すっかり母に羨ましがられてしまいました。母は大の夢幻先生贔屓ですので」

花恵の方を見て照れ臭そうにはにかんだ微笑みを浮かべた。

「お邪魔いたしまあーす」

大きな声で語尾を引き、元気に甘える挨拶が響いて、何とあのお美乃が障子を開けた。お美乃は特別に夜に行われる茶席を意識してか、白地にイチイの真っ赤な実とセンブリの花に似た花弁が散っている友禅の着物に、光の加減で黒にも銀色にも見える帯をしめている。江戸っ子が好む派手な粋さであった。

花恵が見惚れていると、

「お会いできると思って、あたし、ずっと楽しみにしてたんですよ」

お美乃が笑顔で近寄ってきた。

「わたしもいつ、花仙においでになるかとお待ちしていました。そろそろ山茶花(さざんか)の時季ですし」

花恵もお美乃の気迫に負けじと、言葉を返した。

「山茶花って椿(つばき)によく似てますよね、もう、そっくり。どこが違うんです？」

お美乃のお得意な問いかけが始まった。元気そうでよかったと、花恵は心の隅で思った。

「秋咲き始めるのが山茶花で、少し遅れて冬になってから咲きはじめるのが椿です」

「でも、咲く時季が重なってやしません？」

「葉の大きさと葉の付け根の細かい毛のあるなしで見分けるのです。山茶花の葉は、椿と比べると一回り小ぶりで、葉の付け根に産毛のような毛が生えています。椿にこの手の毛は生えていません」

「あら、昨年、夢幻先生が雪椿をお稽古で使った時、これは毛が生えている椿だとおっしゃってましたよ」

お美乃の問いかけは鋭くなったが、それすらも花恵には可愛く思えた。

――もちろん、知ってて訊いてるのよね――

「毛のあるなしはわかりづらいかもしれません。ならばもっともわかりやすい見分け方は花の咲き方と散り方です。山茶花は平たい形に咲くのですが、椿は茶碗に似た形で咲きます。横から見るとなおよくわかります。それと散り方。椿の花はよく知られているように、丸ごとそっくりぼとりと落ちますが、山茶花は花弁がぱらぱらと落ちて散っていきます」

「椿でも花弁ぱらぱらで散るものもあるって、これも夢幻先生がおっしゃってました」

お美乃は挑むように言い募り、

「それはおそらく人が改良を加えた園芸種の椿のはずです。あと椿には香りがありませんが、山茶花には清々しく気持ちが落ち着く、草むらや林の匂いがします」

負けていない花恵はきっぱりと言い切り、お貞は二人の激しい様子に驚愕していた。

花恵は、お美乃の問いが細かくなればなるほど、自分がいかに花を愛しているか身にしみてわかるのだった。

「お待たせしました」

お美乃と花恵の会話が途切れたと同時に、夢幻が現れた。

——これは——

花恵だけではなく他の人たちも息を呑んだ。夢幻が身につけている時季のどっしりした秋袷（あきあわせ）の小袖が何とも格調高かったからである。深みがあるが濃いわけではない、緑がかった藍色の絹地の右側の袖口上から、熨斗を想わせる形が左側の袖と右側の裾に向けて流れるように伸びている。右肩口には大輪の菊の形が見えた。その模様の色は金茶から薄茶、茶色といった同系色で、菊の色まであえて黄銅色がかった茶色であった。しかもこうした模様は背中を包む後身頃だけに描かれていて、前身頃は藍緑色の無地一色であった。

「趣があって素晴らしいわ」

お美乃が真っ先に褒めた。

「何やら由緒がありそうですね」

少々緊張した青木は胸元から手控帖を取り出した。

「これは綸子地熨斗菊模様と言われているもので、京のものばかりを扱っている古着屋でもとめたものです。わたくしは、ここも気に入っているのですよ」

夢幻は手を襟に触れた。襟は金茶ではあったが年月を経ているせいか、決してきらびやかではなく落ち着いた色合いで目立ちすぎていない。

――これぞ、枯れた渋さの極み、侘茶の中にこそ真の華があるという、茶の湯の真髄よね――

　植木職とはいえ茂三郎のような肝煎ともなると、洩らしてはならない庭の仕掛けについての話をするために、大身旗本や大名家の茶室に招かれることもあった。そんな茂三郎からの影響で多少茶の心得がある花恵は感嘆のため息をついた。

　──だけど肝心の活け花はどこに？──

　花恵は夢幻が活けた花を探した。広間に案内された時、真っ先に床の間を見たが何も置かれてはいなかった。

　──茶席に侘び助は欠かせないはず──

　侘び助とは小さな自生種の椿であり、茶の湯を創始した千利休が命名したといわれる、茶の湯にふさわしい茶花だ。夢幻が障子を引くと、廊下に彦平が瑠璃色のギヤマンの器を両手で抱えて立っていた。厚みの少しある平たい器であった。

「これを皆さんに見ていただいてください。わたくしの花の心を茶の湯に寄せてみました」

「承知いたしました」

　彦平はまず、たまたま一番近くに座っていたお美乃に渡した。

「あら、いけないっ」

お美乃の膝が水で濡れた。器には水が張られている。

「どうぞ、そちらへ」

お美乃は膝の濡れが気になっている様子で器を右隣のお貞に回した。

「瑠璃色のお池に薄紫色の小菊が浮かんでるなんて、何ともひっそりしたいい風情ですわね」

お貞はにこやかな顔で呟き、その隣で次にギヤマン小菊を渡された青木は、

「おかげで母上によい土産話ができそうです」

嬉々とした子犬の目でしばらく器に浮いている小菊を凝視し、

「えーと、瑠璃色のギヤマンの池に薄紫の小菊が浮かんでいる、でしたね。あと何ともひっそりしたいい風情――」

お貞に念を押しながら手控帖に書きつけた。その様子になぜか慌てたお貞は、

「ひっそりしたいい風情だなんて言い切るのは偉そうなんで、ひっそりした風情がそこはかとなく感じられるに直してくださいな」

小声の早口になった。

5

花恵たちは彦平も交えて亥の子餅の主菓子と夢幻の点前を味わった。

「七種の粉の亥の子餅が意外に柔らかなのには驚いたわ。ざらっとしてて、正直お茶席には合わないと思ったものだから」

お美乃が呟くと、

「七種の粉は風味づけに使うだけで、おおかたは羽二重餅なんです。旦那様が地味なようで洗練の極意である茶の湯には、この方が合うとおっしゃって、従来のものに手を加えられました」

彦平が丁寧に応えた。

「さて、皆さん、ここまでがほぼ古式ゆかしき亥の日亥の刻の茶事です。でもこれだけではわたくしは物足りません。これから、わたくしならではの亥の日祝いをご堪能いただきたいと思います。ご案内いたします」

夢幻は自ら先に立って長い廊下を歩いた。行き着いた場所は廊下から入れる本格的な茶室だったが、炉は切られているものの、先ほどの広間にあったような茶釜はかけられていない。

「どうぞ、おくつろぎください」

花恵、青木、お貞はかたまって座り、夢幻の両隣はお美乃と彦平となった。

「ここで皆様から晩秋の美しさをお聞かせいただきたいのです。といっても、これではあまりに漠然としてしまいますので、〝寒露（かんろ）〟〝雁渡し（かりわたし）〟という時季の言葉のどちらかを選んで、想うところをお話しいただくのはどうでしょう」

「歌や句ではなく？」

お美乃が小首を傾げた。

「お気持ちや想いをそのまま、伝えていただく方が縛りがなく、広くさまざまなことを伺うことができて面白いとわたくしは思っています」

夢幻は微笑んで答えた。

寒露とは朝晩と日中の気温差が大きい晩秋から初冬ならではのもので、朝もやのたちこめる野に宿った露が寒さに霜になってしまいそうになる、そんな様子を言うのである。

また雁渡しの方は秋の長雨の後、晴天が続くのも束の間、すぐに冬将軍が運んでくる北風が吹き出す。折しもこの頃、冬の渡り鳥である雁が渡ってきて、あたかも北風はその渡りを助けているかのように見える。それが雁渡しの謂れであった。

「そういえば——。歌が好きな母は今の時季になると百人一首から好みの秋の歌を引くのが常です。たしか、何日か前に耳にしたこれは寒露の歌ではなかったかと。〝はかなさをわが身の上によそふれば袂にかかる秋の夕露〟だったと思います」

青木がふと洩らして、額の汗を拭った。

「その昔、皇女や身分の高い女主に仕えつつ女歌人として生きた待賢門院堀河（たいけんもんいんのほりかわ）の作ですね。ただし、ここでの露ははかなさと同一で、自然の露そのものではないとされています」

夢幻は青木の母が好む歌の奥深さに触れた。

「なぜ、秋の夕露を詠んでいるというのに、自然の露でないのか、あたしにはわかりません。青木様のお母様の好きなお歌にある夕露は、夢幻先生のご趣旨に添わないということですね」

お貞が素朴な疑問をぶつけた。

「ええ、まあ。あくまで今のわたくしは自然に拘りたいので」

夢幻は声を低く落とした。

「寒露は朝露だけじゃなしに、夜露も含まれるんじゃないんですか？　夜間の冷え込みで夜露ができるって聞きました。朝までそのままだったら、先生、それも寒露じゃありません？」

お美乃は真剣な表情を向けた。

「たしかにその通りです」

夢幻は頷いた。

「だとすれば、実はずっとわたし、月の雫は、月の雫は——」

興奮気味に言葉を重ねたお美乃は、

「夜露のことを月の雫って言うんじゃなくて、今もそこはかとなく香りが漂ってる金木犀（きんもくせい）の花のことだと思ってました。ありますよね、ここにも。金木犀の花、ああ、でも、どこかしら——」

立ち上がったお美乃は茶室の壁の柱に目を彷徨（さまよ）わせた。

夢幻が目配せすると、彦平はすっと立って壁に近寄り、漆喰（しっくい）の壁を両手で押した。

その壁が重い音を立てて動き始めた。そして、ほどなく花恵たちは得も言われぬ金木犀の香りに包まれた。

隠し部屋には薄明りの中に金木犀を主として活けられている花器が置かれていた。甘く艶やかな香りが大きな雲にでもなって、風に吹かれているかのような、衝撃に近い強く逞しい芳香であった。

大きな平たい鉢の形をした器は無色の磨りギヤマンで、中ほどには特注品の大きな蠟燭が三本、各々、葡萄色をした丈のそう高くないギヤマンの中に点されている。ぎっしりと詰めて活けられている紫色の花は、先ほど水に浮かべられていた小菊と同じもので、小菊の間を埋めている金木犀の花と葉の量はそれほど多くない。

目を凝らすと畳に夥しい量の金木犀の花が散っていた。

「ああ、わたし、金木犀の花って小さくて可愛くて、散りやすいのがはかなくて大好きなんです」

お美乃は隠し部屋に足を進め、散っている金木犀の花を手にして、

「あ、この葉は銀木犀のものだわ」

気がついた。

「金木犀は銀木犀の変種と言われています。金木犀の花は密集して咲いて蜜柑色、ぽつぽつと枝に咲く銀木犀は白。金木犀の葉はトゲが大きくて先が尖っていますが、銀木犀の方は葉のトゲが細く、葉全体が丸みを帯びて表面もつやつやしています。葉に限っていえば、わたくしはこちらの方が小さいながらあれほど香りの強い花をこぼれるほど咲かせる、金木犀の華やかさに合っている気がします」

夢幻は答えた。

「これでわたくしが寒露に託し隠したものの正体が割れましたね。お見事です」

お美乃に向けて微笑むと、

「でも雁渡しの方はまだですね」

花恵の方をちらと見て、

「どなたかお話しいただけませんか？」

常になく強いる物言いだった。

「もとより伊豆や伊勢の漁師たちは空を飛ぶ雁の隊列、雁の渡りを見て過ぎ行く秋を感じるのだそうですが、あなたは今年、いつ、どんな時に、どんな気持ちで雁渡しを見ましたか？」

夢幻は花恵に話をしてほしい様子だ。

普通とは異なる恋文を貰って相手にのめり込んでいる晃吉の話を聞いて、何とかその相手を見つける手立てはないかと思い詰め、道で大八車に轢かれかかった時のことを話そうと花恵は思い至った。

——長崎帰りの若いお医者様に背負われて花仙に帰ってきたところ、青木様がおいでになってて、お母様お手製の菊茶をくださった。そして——

その日、青木は怪我をした花恵のために初めて菊煎茶を淹れてくれることになった。花恵の家の厨に立った青木は、風が冷たくなってきたから家の中で待っているようにと花恵を気遣った。けれども、花恵は袷の半纏を探して羽織ると庭の縁台に腰を下ろして、青木の淹れる菊煎茶を待った。半纏を重ねても寒く、紛らわすために空を見上げると、今年初めての雁の群れが見えて、ああ、もう、雁渡しの時季なのだと感じた。

——いつ、どんな時に、どんな気持ちで雁渡しを見たか？　なんて言われても——

お貞もいる前で、青木の菊煎茶の話をすることはできなかった。

6

「あの、実は雁渡しを見た日というのはわたし――」

花恵は父から相談を受けて晃吉のために染井に帰っていた話を始め、晃吉の恋心が一通の文に拘泥していることを話した。少しでも、お題から離れた話ができればなんでもよかった。花恵は覚えている通りの雄鶏のオオムカデ退治の話を披露した。

「聞いたところではただの昔話で、晃吉さんって時々感じ悪いって思うほどだから、あたしは嫌がらせ、怖がらせだと思うね」

早速、お貞が花恵も疑ったのと同じような送り主の動機を口にした。

「その話、もしや、幼い頃に聞いたことのある、清（中国）の昔話なのではないかと――」

青木は必死に思い出そうと拳を頭に当てた。

「父上から聞いたことがあるのですが、ただそれは一人の娘を悪い男と正義の男が取り合う話ではありませんよ。オオムカデ鬼に襲われるのも娘ではなく倅です。忠義のために我が身を投げ出して主を救う、涙なしでは語れない、主と家臣の美談として聞きました」

青木は真顔で答えた。

「でも、宛名が晃吉様とあったのですから、やはり変わり種の恋文かと——」

花恵は反論した。

すると、夢幻は、

「その話にはまだ続きがあって、雄鶏をねんごろに葬った庭先から芽が吹いて、やがて鶏の鶏冠に似た深紅の花が咲いたとのことです。この花こそ鶏冠花。この話は今が見頃の鶏頭の花の謂れでもあるのです」

天平時代（七二九〜七四九）に天竺（インド）から大陸を経て伝わったという鶏頭は、盛夏から咲きはじめ、仲秋には花色が一段と冴え、高く澄んだ秋空の下で燃える炎のように色鮮やかに咲き続ける。

深紅の炎がうねるように立ち上っているかのような花姿は、円山応挙等の著名な画家たちの心を刺激したものか、屏風絵や襖絵に描かれていた。

「ということは、鶏頭の花を描く代わりの文だったというわけよね」

お美乃は決めつけて、

「お気の毒だけど晃吉さんって男、揶揄われてるのよ」

大笑いしかけて、あわてて両手で口を塞いだ。

「そうだとしても、その恋文は晃吉さんとやらへの想いの丈であると同時に、この世に憚っているオオムカデ鬼のような悪党をやっつけてくれという願いでもあるのではと、わたくしは深読みしてしまうのです」

夢幻の読みはなるほどと思わせたが、

「でも、先生、晃吉は父の下で修業中の植木職人です。剣術を習ったことがあるとは聞いていません。捕り物にも興味はなさそうです。親切で優しいところもありますが、ふわふわしていて頼りになる正義漢とはほど遠い者です。お会いになったらわかります」

花恵はため息まじりに告げた。

「たしかにあなたの方が晃吉さんをよくご存じでしょう。けれども、あなたには欠点に見えていても、相手には美点に見えて、そこを好ましく思っているかもしれませんよ。恋は盲目とまで言い切ってしまうのは言いすぎだとしても――。あるいは、あなたには見えない真の美点を見通しているのかもしれない」

　夢幻の言葉に、花恵は表情を引き締めた。

「晃吉さんのことが気になりすぎて、花恵さんは大八車に轢かれそうになったのではないですか？」

　青木は花恵が大八車に轢かれかけ、居合わせた若い医者に手当を受け、送られてきた話をした。

「駕籠舁きと違って大八車屋というのはおりませんので、そうは慣れていない者たちが、重い荷を曳くせいで人が巻き込まれることも多いのです。花恵さん、もうすっかりよろしいのですか？」

　青木は真顔で訊いた。

「あたしも旦那から聞いて知ってたわよ。そのお医者って若いんでしょ？」

　お貞が遠慮気味に言った。

「素敵な方でした」

　花恵はその気もないのにそんな言葉を口にしてしまったが、当の夢幻は平静そのものだった。

「鶏頭っていえば、お父様の患者さんで、鶏頭は身体にいいからって、娘さんのために沢山育てて干していた母親の話を聞いたことがある。花を干したのが生薬の鶏冠花、種の方だと鶏冠子。えーと、鶏冠花はお腹が緩い時の薬で鶏冠子の効き目は何だったかしら？　すぐには思い出せない――。かつてはお父様ときたら、お金の払えそうもない患者さんには効き目がある薬は勧めず、万能薬ってことになってる、ドクダミなんかを庭に植えさせて煎じさせてたのよ。鶏頭の鶏冠花や鶏冠子もきっとその類いよ。ごめんなさい、わたし、話を脇に逸らしてしまったみたいで」

お貞の一睨みに気がついて、お美乃は饒舌を止めた。

ずっと黙っていた彦平が、おもむろに口を開いた。

「それにしても、晃吉さんのお悩み話でしたが、旦那様にもいまでも毎日のように恋文が届くのでございますよ。中には晃吉さんのように差出人の名が書いてないものも多くあります。たいていお弟子さんたちでしょうが、稽古日毎に顔を合わせる旦那様に、恋心を伝えられる肝の持ち主はそうはいやしませんから。それでもたまらずに悶々とした挙句、書いてしまう、でもどうしても名は記せない、そんなとこでしょうね」

「あら、わたしならちゃんと自分の名を書くけど」

お美乃がさらりと言ってのけると、

「自信家のあなた様は別格でございますよ」

彦平は眉を寄せかけ、静かに伝えた。

「また、話が逸れましたね。わたくしは、その変わった文を書いたお方は、きっと晃吉さんのお近くにいるのだと思います」

夢幻は静かな確信を持って言ってのけた。

7

三日経って、花恵は実家へもう一度帰って晃吉に訊いてみようと思った。

庭の花や草木の世話を済ませて着替えをしようとしていると、

「おはようございます」

いつもより小さな声で、晃吉が戸口を潜ってきた。

「いい銀桂と柊の苗木の出物が見つかったんで鉢植えにして、お嬢さんのところへ運ぶよう、親方から言い付かってきました」

　銀桂は銀木犀のことで柊ともども、金桂と言われている金木犀の仲間である。柊は葉先が鋭く、鬼の目刺しとも言われてその枝は節分にイワシと共に飾られる風習がある。

「今年の冬は寒くて土まで凍るだろうって話なんで、地植えにはしない方がいいとのことでした」

　元気を失っている晃吉はそれだけ言うと、

「それじゃ、俺、これで」

　背中を向けた。

「あ、ちょっと待って」

　珍しく花恵は晃吉を引き留めて、文を届けてきたのは誰だったのかを訊いた。

「その人に訊けば出した相手がわかるかもしれないじゃない」

「それ、無理ですよ。だって子どもですもん。どこの子かなんてわかりやしません」

　晃吉はすっかり諦めている様子であった。

――いよいよ恋煩い（こいわずら）ゆえの暗さが増してきてる――

「文の主を探しあてることもできないでおまえ、この先、どんなことも成就しないわよ。そうでしょ」

花恵は気がつくと晃吉の両肩に両手を当てて揺さぶっていた。

「お嬢さんが俺みたいなもんのことについて、こんなに心配してくれてたなんて、有難え、勿体ねえ――、何ってお礼を言ったらいいか」

ふわりとした物言いになった晃吉に、

「今はとにかく何でもいいからあの文にまつわることを思い出すのよ。何日か経った時のことでもかまわない。とにかく思い出しなさいっ」

花恵はさらに厳しい口調で浴びせかけると、

「わかりやした」

晃吉は自分の両手で両頰をばしゃばしゃと音を立てて何度も叩いた。

「あの妙な文が届いた後のことでもいいのよ。何か不審なことは？　おかしなものを見たとか？」

花恵が必死に訊くと、晃吉はおもむろに口を開いた。

「文が届いて十日は経ってたと思うんです。植茂の前にそこそこ年配の女の人がじっと立ってましてね。様子はお早紀さんに似てたかな。華美じゃなくて上品な感じ。何か物言いたげなんだけど、『何かここにご用ですか』って言葉をかけると、逃げるように走っていなくなったんです。どっかで見たような女(ひと)だとは思ったんですけど、それって、お早紀さんに似てたせいだって今までずっと思ってました。もしかしたら、そうじゃないかも——。けどあんな年齢(とし)の女(ひと)がどうして俺にあんな文、書いてくるんだ？　まるでわかんないから、やっぱこいつは俺の思い過ごしか」

掠れ声になり、くるりと踵を返して帰っていった。

染井まで出向くこともなくなった花恵はしばらく葉鶏頭の世話をして時を過ごした。葉鶏頭は古く清少納言が生きていた頃からあり、鶏頭同様隣国の中国から伝えられている。

夏場から葉が少しずつ色づきはじめ、黄色、紅色、緑色の三色、黄色、紅色、紫紅色、緑色の四色になる。その鮮やかな色合いは寂しさを伴う秋の庭には欠かせない葉であった。清少納言も葉鶏頭の古名である〝かまつか〟について、雁来紅(がんらいこう)の字を当てて、〝雁の来る花とぞ文字には書きたる〟と記している。雁が飛来する頃に色付く葉であるという意味であった。

　とにかく鮮やかな美しい葉が長く見られるとあって人気もあったが、花仙には、種蒔きの時混じってしまっていたのか、葉鶏頭の数よりも赤紫色の花が連なって鎖のように垂れ下がって咲く紐鶏頭の方が多い。そのせいで一畳ほどの場所に紐鶏頭が生い茂り、その間に葉鶏頭の美しい葉がぽつぽつと見え隠れしていた。

「ごめんくださーい」

　戸口で明るい声が響いた。聞き慣れたものではあったがお貞ではなかった。

　――残念。晃吉のことで、何かこれといった調べができたお貞さんかと思ったのに――

「この間の夜は楽しかったです」

　訪れたのはお美乃であった。

「さすが夢幻先生です。ただの亥の子餅食いのお茶会だったら、がっかりだと思ってたけどそうじゃなかった。どれも面白い趣向でしたね。それにわたし、ここの近くで晃吉さんらしい男の人、見ちゃったのよね、ねえ、そうよね、兄さん」

　お美乃には十徳姿の連れがいて、花恵はてっきり父塚原俊道に付き添いを命じら

れた弟子の一人と思っていた。ずっと後ろ姿ばかり見せていたのでわからなかったが、振り返ったその顔は、

「まあ」

花恵の怪我の手当をしてくれた長崎帰りの若い医者であった。

「わたしね、花仙なんか知らないって惚けてたんだけど、千太郎兄さんときたら是非、是非行こうって言い続けてて。普段は花や植木になんて興味がないはずなのに——」

お美乃が悪戯っぽく笑った。

——あの長崎帰りの若いお医者様がお美乃さんのお兄様だったなんて。塚原家はなんでこんなに、驚かせてくるのかしら——

花恵はしばし啞然（あぜん）としてしまった。

「あら、面白いものがある」

お美乃は晃吉が持参して鉢の植え替えをした銀木犀と柊を真っ先に見て、

「夢幻先生に差し上げたら喜ばれそう——」

探るような目を花恵に向けた。

「どちらもこの秋に剪定して枝を切り落としたばかりなので、今の様子では活け花には向かないと思います」

「ならば春になって新芽が出てきたら必ず差し上げてね。その頃はもう鉢から出して土に直に植えられるでしょうから」

奉公人に指図するような口調だったが、意外にもその目は花恵に優しかった。

「わたしが気になるのはこれなのよ。花恵さん、全部いただけない？」

お美乃は数多くない葉鶏頭の方へと突き進んだ。

花恵が戸惑っていると、

「強引すぎるぞ。全部買ってしまったら、ほかの客が困るだろう」

千太郎が強い物言いで妹を咎め、花恵の方へ向けて頭を下げた。その時、千太郎とお美乃の顔が並んだ。

――こうして見るとよく似ている――

とはいえ、つるりとした白玉団子に細い目や低い鼻が散らばっているような父塚原俊道には、少しも似ていない。

「葉鶏頭は『大和本草』という草木事典では、長く華やかに咲くせいで〝老少年と呼ばれ、遥か海の向こうでは〝しおれない〟〝不老不死〟とも言われてるそうです。千太郎様もいることですし、葉鶏頭に係るアマランサスって何かご存じですか？」

「アマランサスねえ――、兄さんから聞いたことあったような気がするけど、ちょっと待ってね、頑張って思い出すから――」

お美乃はこめかみに指を当てた。

「実は医書や薬書、草木書が集まる長崎で学びたかったことの一つに、アマランサスがありました。かつて、身分の高そうなお役人に父が『しおれない草？　不老不死？　それがあの綺麗なだけの葉鶏頭のことで、あれが屈強な身体をつくるですって？　はて、そんな話、耳にしたこともございません』と言っているのを聞いて、いろいろ調べて、葉鶏頭がアマランサスという名で呼ばれているのだとわかりました。喜び勇んでお美乃に話したのも覚えています。だからお美乃が思い出せなくて当然なのです。お美乃、もう、似合わないしかめ面は止めなさい」

千太郎はお美乃を見て、少し笑って告げた。

「太古の昔から葉鶏頭は、いくつもの海を越えたさまざまな土地で葉が米のように育てられ、腹を満たす主食として、また飲み物にも工夫されて食されているのだと長崎で知りました。葉であるにもかかわらず、良質な血肉の源になる滋養があるのです。しかもよほど寒いところではない限り、世話要らずで逞しく育ちます。そして、葉よりもさらに滋養が豊富で米をも凌ぐのが葉鶏頭の近縁である紐鶏頭の種です。紐鶏頭の種は、葉鶏頭の葉よりもさらに滋味に富んでいるとのことでした。殻がないので米のように脱穀する必要もありません。芥子粒ほどの大きさでぷちぷちした食感は粟に似ていますがもっと力強いです」

千太郎は熱心に、葉鶏頭と紐鶏頭の滋養について説明してくれた。

「アマランサスって不老不死への道に通じるのね。女ならいつまでも若さが保てるってことでしょ？　決めた、葉鶏頭はもう要らない。紐鶏頭を全部買わせて」

お美乃はきらきらと黒目がちの目を輝かせて、地味な紐鶏頭の花をじっと見つめた。

――ここで売り渋るのは見苦しいと思われるわ――

そう覚悟した花恵は、

「今、紐鶏頭は直植えになっていますので、後で鉢に移してお届けいたします」

きっぱりと答えた。

帰ろうとして戸口へ歩きかけたお美乃は、

「そうそう、さっき見かけた男、あの男が噂の晃吉さんよね。なかなかの男前よね。ちょっと頼りない感じだけど。花恵さんがしっかり者だから、お似合いかも」

振り返って思い出したように告げた。千太郎は妹の強気な口調に、ほとほと困っているようだった。

見送った花恵は疲れはしたが不思議にも二人の顔が浮かんできて、

――千太郎さんとお美乃さんの兄妹、男女が逆でも面白かったかも――

声に出して笑ってしまった。

8

塚原兄妹が帰ったあと、花恵はいつものようにやってきたお貞を誘った。

「唐芋をたくさん買ったの忘れてたの。一緒に焼き芋しない？」

「いいわね」

お貞の目がきらっと光った。

二人は落ち葉を集めてふっくらと盛った。こうしないと火の回りがよくない。盛った落ち葉の上に切り落とした竹や木の枝を載せて火を点け、落ち葉から火がつくはずなのだが、花恵の腕では思ったように燃え広がらない。

「雨が降ったのは、何日も前なのにこの落ち葉湿気てるのかも」

花恵は団扇を厨に取りにいき、手籠一杯の唐芋等も持って戻ってきた。団扇は焚き火に欠かせない道具の一つであった。花恵が焚き火の前に屈み込んで団扇であおぎ続けると、落ち葉が燃え上がり、炎が竹や枝を呑み込んでいく。

「いい感じに燃えたじゃない」

お貞が褒めてくれた。完全に落ち葉が燃え切ると熾火（おきび）になる。炎が上がっていなくても非常に高温で、煙も少なく火力が安定している。

「さあ。お芋を入れましょ」

お貞は嬉々として唐芋数個を熾火に埋めると、

「美味しく焼けろ、美味しく焼けろ、美味しくなるんだよお」

知らずと手を合わせて、呪文のように繰り返してから、

「これのためだったら、こうやって祈りもするけど、若い娘がお経三昧っていうの

はどうもね。お経は有難いし、立派なことなんだろうけど」

「もしかして、晃吉の恋文のことが何かわかったの？」

頷いたお貞は花恵を促して縁台を焚き火のそばまで運ぶと、並んで腰を下ろした。生の唐芋が熾火の中で焼き芋になるまでには半刻（約一時間）強はかかる。

「あたし、晃吉さんの馴染みの居酒屋に行って、店主にいろいろ訊いてみたのよ」

したり顔のお貞は、話を続けた。

「お愛ちゃんっていってね。まだ十四歳なんだけど、名のある尼寺の門前に捨てられてた子で、近く、髪を下ろすことになってるんだって。その娘、髪の毛集めが仕事だったそうよ。毎日市中を歩いて主に長屋を訪ねては念仏と引き換えに髪を貰い、かもじ屋に売りにいっていたの。それである時、花恵さんの実家植茂の前を通って、庭木に水をやってる晃吉さんを見かけて、一目惚れしてどうにも諦めがつかなくなったんだって。それで、寺を抜け出して、晃吉さんの後を尾行て、晃吉さんの馴染みの居酒屋を突き止めたというわけ」

――なるほど、地獄の様子が描かれていて現世での悪行を戒める、地獄絵があるお寺なら、オオムカデと雄鶏の話を聞かされていたとしてもおかしくはない――

「それでやむにやまれずあんな文を書いたのね」

花恵はなるほどと得心したつもりだった。

ところがお貞は、

「そこが若い娘のわからないところ。意を決して居酒屋へ足を運んで、打ち明けるつもりだったのは、晃吉さんがいてくれたらということで、一種の賭けだったみたい。店主の話じゃ、その日、晃吉さんはいなかったんだって。いないとなると意外にけろっとして『きっぱり、諦めます。髪を下ろせば庵主さんの養女になれて、ゆくゆくは尼寺を任せられることにもなるので』って」

正直、花恵は気を落とした。

——尼さんになるような女の子なら、晃吉を何とかしてくれると思ったのに——

ふうとため息をついたところに、

「花恵さん、いらっしゃいますか」

青木の声が聞こえてきた。お貞は嬉々として戸口の方へと駆け出していった。

「いけないっ」

思わず大声を出したのは、そろそろ熾火の中の唐芋を焦げないようにひっくり返す頃合いだったからだ。このように焼き芋はじっくり焼かれてこそ美味であった。

花恵は火挟みを手にした。これはお貞が顔馴染みの木戸番小屋の番太郎から譲ってもらったものであった。多くの木戸番小屋では秋から冬にかけて焼き芋が売られていて、唐芋の焼き加減を見たり、あつあつを紙に包んだりするには火傷しないよう火挟みが必要だった。

「ほう、焼き芋ですね」

お貞と一緒に入ってきた青木は目を丸くして、

「人が集って食べる焚き火の焼き芋は、木戸番小屋で買う焼き芋よりよほど美味しいとわたしは思います」

早速子犬の目になりかけたが、

「お報せするべきかどうか、迷ったのですが」

慌ててきりりとした表情に戻した。

「まさか、晃吉のことですか？　文の差し出し人が見つかったのでしょうか？」

花恵は訊かずにはいられなかった。

「あれから、わたしは晃吉が植木職として出入りした庭の持ち主から、文の相手を見つけようと考えました。庭に一番多く出入りしている家から三番目までに狙いを定めたのです。一番目は庭といっても神社で神主しかいませんでした。二番目は両替屋で男兄弟ばかりでした。跡継ぎ以外の三人は皆、養子先を探している独身でした。長男だけが嫁を貰って店を継いでいました。その嫁も十日ほど前に嫁いできたとのことですので、晃吉の植木職姿は見ていません。三番目の大身旗本村田伝兵衛様のお屋敷の女中お浜が当人ではないかと思ったのは、用人殿に話を聞けたからです。何でも村田家で働いていたお浜が奥方様の縁者の旗本に見初められた際、自分には想い男がいて、その男は染井の植木職人晃吉だと言ったとのことでした。昨年秋、当主夫婦の供をして染井の植茂に出向いた折、晃吉が丹精した江戸菊に惹かれてもとめたとのことでした。今年の秋は自分の手で咲かせて、それを手にして晃吉に会いに行くつもりだと言って、この縁談を断ろうとしたみたいです」

――江戸菊はとかく狂い菊と言われる奔放な咲き方で知られているけど、晃吉の江戸菊ときたら、普通の女が惹かれずにはいられない自由さ、伸びやかさ、明るさが溢れていて、まるで女たちを激励しているように見えるもの。でも、それだったらあんな文は書かないはず——

「小菊ならともかく、江戸菊ともなると咲かせるのはむずかしいのよ」

お貞が庇（かば）うような物言いをして、

「お浜を見初めた相手は気立てのいい大柄な美女のお浜を側室として迎え、何が何でも跡継ぎの男児を成してほしいということだったそうです。親子ほども年齢（とし）が違っていました。それでもその旗本家ではお浜に、屋根から落ちて身体がきかなくなった酒浸りの大工の父親と、まだ幼い弟二人の世話をすると約束してくれたそうです。ここまでしか用人殿は話してくれず、後は奥の厨で女たちに訊きました。すでにお浜の身には懐妊の兆しがあって、側室になるしか道はなかったとのことでした」

青木はやや憤怒の面持ちになった。

「晃吉の江戸菊はきっと枯れて捨てられてしまったのでしょうね」

——あんまり切なすぎる。それで、たまらず雄鶏がオオムカデから身を挺（てい）して娘を守り抜くという昔話を知っていて書いたのだろうか？　だとしたら、オオムカデは親子ほども年齢の違う旗本の当主で、雄鶏は晃吉を当てたのね。何って悲しすぎる夢——

何とも胸の詰まる話だと花恵は思った。

――勘のいい晃吉は薄々あの文から伝わる哀しみに気がついていたのかも――。

それで気になってならなかったのね、きっと。だとしたらお浜さんの今を晃吉に話すのは酷すぎる――

花恵には晃吉の心境が自分のもののように思えた。

「そろそろ食べ頃に焼けたわよ」

花恵の心を察しているお貞は竹串を熾火の中の焼き芋に刺して、

「よしっ、出来上がり」

明るい掛け声と共に取り出すと、

「ちょっと熱いけどこれくらいを食べないと」

花恵と青木に渡してくれた。

この夜、花恵は眠れなかった。晃吉にすべてを話すべきかどうかで悩んでいた。

――きっと文の主を見つけると約束した以上、きちんと話すべきよね。だってもう晃吉はいい大人なんだから――

花恵は夜が明けて六ツ（午前六時頃）の鐘が鳴るのを待って夢幻を訪ねることに

した。

――何でも見通している夢幻先生ならどうしたらいいか、的を射たことを教えていただけるかもしれない――

思い詰めている気持ちを受け止めてほしいと願う一方、久しぶりに花恵は夢幻と二人だけで会いたかった。

――このところ、いつも誰かと一緒だったもの――

紐鶏頭を持参することにして、一本だけ根を掘り下げて鉢植えにした。

朝早いながら、屋敷では彦平が朗らかに出迎えてくれた。

「ああ、それ、それ。紐鶏頭でしょう？」

「今日はお花のお届けの他にもお話があるので、これはわたしからお渡しします」

「紐鶏頭はこの屋敷の裏手にもあります。旦那様のお許しをいただいて、亡きお兼さんの月命日には必ず墓前に供えています」

夢幻は亥の日に茶の湯を愉しんだ広間にいた。気の遠くなるような数の花器に囲まれている。

「名品もありますが、後は旦那様が通りかかった瀬戸物屋やギヤマン屋で、気楽にもとめてこられたものもあります。それからご自分で造られたものも——。旦那様に拘りは一切ないのです。そして花器選びは近づいてきた大会のための仕上げです。名品の花器に合わせて活け花をなさる方もおられますが、旦那様はあくまで活けられた方を優先されます。旦那様の頭には百人以上のお弟子さんたちの活け花が入っていて、ああやって、各々にぴったりくる花器を選んでおられるのです」

彦平は小声でそう告げた。

「朝早くから失礼いたします」

障子が開けられている廊下で、正座した花恵は手をついて挨拶をした。

「こうして二人だけで会うのは久々ですね。彦平、朝餉代わりにあれを」

夢幻も夜通し花器を選んで眠ってなどいないだろうに、爽やかな笑顔を浮かべて花恵を招き入れた、彦平がすぐにいつもの兵糧丸と牛の乳と砂糖の入った紅茶を運んできた。

夢幻は兵糧丸を無造作に口に放り込むと紅茶を啜った。花恵は一口だけ紅茶を啜ってみたものの胸が詰まって、急いで湯呑みを膳に戻した。

「ほう、ずいぶん鮮やかな紐鶏頭ですね」

夢幻は花恵が畳の上に手拭を敷いて置いた紫赤色の紐鶏頭に目を留めた。

「鶏頭の種と一緒に混じっていたものなんです。鶏頭ばかりが咲くと思っていたら、こんな華やかで力強い鶏頭とは似ても似つかない、幽霊が似合いそうな紅いしだれ柳みたいなのばかり多く咲いてしまって、おいでになったお美乃さんがたくさん買われたのには驚きました」

「わたくしはこの紐鶏頭は鶏頭や葉鶏頭に比べても遜色(そんしょく)なく、美しいと思います。垂れている花姿が何とも艶っぽい。江戸菊に通じるほんの少し怖い奔放さがあります。まさに女性の深淵(しんえん)そのものです。そうだ、あなたのところにあるとわかったのですから、これからは稽古の時に弟子たちにも使わせることとしましょう」

「でも、残らすお美乃さんがお買い上げになってしまって」

花恵は躊躇いがちに告げた。

「お美乃さんのお兄様が長崎でアマランサスについて学ばれたそうです。お父様の塚原先生はお役人に訊かれても、何もお話しにならなかったと聞きました。実は実家(さと)の父も典薬頭(てんやくのかみ)様のお使いの方にわからないと言っていたんです」

「お二人とも賢明です」

「ということは、知っていて教えなかったということですか？」

「そうだと思います」

「でも、紐鶏頭の種のアマランサスは、素晴らしく滋養に富んだものだということではありませんか？　良質な血肉の源になるそうですので、教えて悪いことなぞどこにあるんです？」

花恵は語調を強めた。

「あなたは精油作りをしていた善良な家族が殺されかかったことを、よもや忘れてはいないでしょう？　薔薇の精油は媚薬ですから、懐妊できる年頃の者にしか意味はありますまい。けれどもこのアマランサスは新鮮な血肉作りの若返り薬と思い込まれるふしもあります。そうなると、大奥の女人たちは言うに及ばず、多少暮らしにゆとりのある女たちがこぞってこれを欲しがることでしょう。結果アマランサスを独占しようと、多くの商人たちが競い合い、中には御定法を忘れて大罪を犯す者も現れると思います」

花恵は、夢幻の言葉にうなずいた。

「だからお美乃さんのお父様の塚原先生も知らぬ存ぜぬで通したのですね」

「そこそこ平穏に続いている江戸の世をあえて騒がせることもないと思われたのだと推察します。わたくしも同じ考えです」

　この時、夢幻の目が刃物のように鋭くきらりと光った。

「それでは花仙にある紐鶏頭をお美乃さんに売ってはいけませんね」

「わたくしからお美乃さんに、是非とも稽古の折の花材にしたいから、わたくしの方で全部買うことにしたと話しておきます。おそらく千太郎さんはお父様の塚原先生の話を誤解したのですよ。もしやアマランサスを独り占めにしようとして、お上に教えないのではないかと。塚原先生にも譲れない良心があり、欲得だけで生きてきた医者ではないとわかれば、きっと千太郎さんは安堵なさるだけではなく、お父様に敬意も持たれるはずです」

「必要な場所や人々に渡って命をつなげる役に立っているのですから、他の場所や江戸での紐鶏頭は、鶏頭や葉鶏頭同様、見て楽しむ観賞用でよろしいのだとわかりました」

　花恵はすっきりした気持ちで微笑みをこぼしかけて、

――いけない、そもそもここへ夢幻先生をお訪ねしたのは晃吉のことだったんだ。

でも今更、どうやって切り出せば――

どうしようかと困惑していると、

「紐鶏頭のことでいらっしゃったのですか。何か、わたくしにお話がおありだったのでは？」

夢幻の方から尋ねてくれた。

「あのう、実は晃吉のことで――」

花恵はお貞と青木が調べてきた話をかいつまんで伝えた。

「それで、あなたは子を産むことが目的で妾にされた女中のたまらない気持ちが、あの文を書かせたと思っているのですね」

「違いますか？」

「お浜さんとかいう女中の身にあったことを伝えているのは用人様だけです。奥の厨の女たちの話は半ばやっかみ混じりの憶測かもしれません。側室となり、跡継ぎの男児生母ともなれば一目置かれるし、贅沢な暮らしが当然のようにできるのですから。果たしてお浜さんは自分が悲しい運命に翻弄されているなどと思ったでしょうか？　あなたの思う通り、晃吉さんの江戸菊が枯れていたとしたら、お浜さんがもう晃吉さんの江戸菊のことなど、すっかり忘れていたからではないかと、わたくしなら思います」

「だとしたら、あの文はいったい誰が――。わたし見当もつきません。皆さんにも骨を折ってこれほど調べてもらったというのに――万策尽きたとはこのことかも――」

　花恵は沈んだ様子で俯いた。

「万策尽きましたか？　あなたはまだ肝心な相手に話を訊いていないのではないでしょうか？　それが誰だか、あなたにはわかっているはずです」

　夢幻に意味深に問い掛けられた花恵は、ようやく身近にいる大切な相手に話を訊きそびれていたことを思い出した。

「今夜はまた、染井へ帰ろうと思います」

　そう答えると、急いで立ち上がった。

　花仙に戻った花恵は父茂三郎に話を聞くために、お重を作ることにした。

――肴でおとっつぁんの機嫌取るのって、相当大変だったっけ――

呑助の茂三郎はちらし寿司のような飯物でない限り、夕餉に飯は食べない。汁も不要であった。ただただ菜を肴に酒を飲む。

花恵が八丁堀に移ってきてから茂三郎の料理番になった晃吉は、

「親方に褒めてもらおうなんて、端っから考えてませんよ」

やや塩気の強い我が道を行く手料理を作っている。

花恵が作ろうとしているお重の中身は舞茸と三つ葉の胡麻和えに、蠟焼き芝海老、椎茸の佃煮、牡蛎の松前焼き、里芋の煮ころばし（煮っころがし）の五種で、酒の後の胃の腑に優しい卵ふわふわは実家の七輪で作ることにした。

肴にうるさい茂三郎は松茸よりも舞茸を好んだ。赤松林が近くにない江戸では、遠くから運ばれてくる高価な松茸の香が飛んでしまっていることが多かったからである。もっとも舞茸だって、しめじなどと比べてなかなか見つけにくく、幻の茸と言われていた。そんな舞茸が膳にならぶと茂三郎の機嫌は俄然よくなるのである。

芝海老は茂三郎の好物中の好物である。厳密に言うと身ではなく殻が何とも言えないと言う。芝海老は天麩羅にされることが多いが、その場合は殻が取り除かれる。殻を美味に食するためには、醬油、溶き卵、小麦粉で衣を作り、これを殻付きの芝海老にまぶしまぶし焼いていく。仕上がりは蠟を塗りつけたように見える。

生椎茸と出汁昆布、砂糖、水煮した実山椒で煮る椎茸の佃煮は浅蜊の佃煮よりも格上であった。椎茸の栽培は始まったばかりであり、それまでの自生している椎茸は干されて隣国へ売られていた貴重品だったからである。

時季のご馳走である牡蛎の松前焼きは、牡蛎の醬油洗いが要で、酒に浸して柔らかくした昆布の上に載せて、火鉢にかけた網の上で身を返しながら焼いて食べる。茂三郎は牡蛎の風味が染みた昆布まで食べ尽くす。

里芋の煮ころばしは煮売り屋に並んでいても、安い菜の部類に入る。もちろん唐芋よりも安い。ただし、亡き母の得意料理でもあったので、茂三郎はこの味にたいそううるさく晃吉はすでにお手上げだった、

「皮の剝き方が薄すぎるとか、形で味が決まるんだとか、火加減と調味料の塩梅が悪いとか、仕上げの青のりの風味がなってないとか、もうさんざんなので里芋の煮ころばしだけはご免です、作りません。ところで親方が俺の作ったのと比べて文句ばかり言う、〝里芋の煮ころばし〟って何ですか？」

茂三郎は亡妻の思い出に強くつながっている里芋の煮っころがしを、煮ころばし

と称して別扱いしていた。

花恵はずっと見てきた、母の煮ころばしの作り方を忠実になぞって煮上げた。

9

花恵がお重を抱えて実家の門を潜ると、庭先から父の部屋が見えた。年齢とあって眼鏡をかけて綴りに筆を走らせている。父に気づかれぬよう、低木の後ろに隠れてしばらく見ていると、茂三郎はふあーっと大きな欠伸(あくび)を一つして、綴りを閉じた。

花恵はとにかく重たい雰囲気にはせず、

「おとっつぁん、夕餉の菜を持ってきたわ」

と言いながら、縁側に上がった。『異国草木諸事情』という表紙が見え、花恵は夢幻の言っていたことを目の当たりにして理解した。

「おう、また帰ってきたのか。いっそこの近くで花屋をやればいい」

茂三郎は目を細めて歓迎しつつも、素早く『異国草木諸事情』と書かれた件(くだん)の綴りを箪笥の引き出しに納めた。

「何言ってるの、そんなことしたら、花仙もおとっつぁんとこもあがったりじゃないの」

花恵は軽口を返してから、

「今日はおとっつぁんの好きなものばかり作ってきたのよぉ。晃吉に任せてばかりいたら、塩の取りすぎになって、よろしくないって玄庵先生もおっしゃってたしね」

風呂敷に包んだ重箱を掲げて見せた。重箱を受け取った茂三郎は風呂敷を解いて、段ごとに確かめると、

「なるほど、なるほど」

相好を崩した。

こうして夕餉は暮れ六ツ（午後六時頃）前に始まることとなり、

「今晩は楽させてもらいます」

花恵と示し合わせた通り、晃吉は出かけて行った。

茂三郎は花恵が腕によりをかけた菜の数々を味わうたびに、

「うん、ふう」

と洩らし、美味いという言葉こそ使わなかったが、感嘆しているのは明らかだった。

「まあ、及第点はいったな」

茂三郎は笑いながら、亡き妻の味と比較して点数をつけた。

「恐れ入りました」

花恵が神妙に応えると、

「何か話があるんだろう？」

娘のことなら、茂三郎はとっくに気づいていた。

「話は卵ふわふわで締めてからにしよう」

「どうして締めが卵ふわふわだとわかったの？」

花恵はここではあえて話については口にしないことにした。

卵ふわふわというのは遠州（静岡県西部）は袋井で将軍家への献上料理として考えつかれた料理で、まずは昆布と鰹節で出汁をとっておく。

卵は黄身と白身に分けて、黄身には塩一つまみを加えて混ぜ合わせておく。白身は箸で角が立つまで泡立てる。ここに黄身を入れるのだが、決して白身の泡を潰してはいけない。とにかくそっとそっと入れる。

昆布と鰹節で取った出汁を土鍋で沸騰させ、泡立てた白身に黄味を加えたものを静かに土鍋に流し込む。

　土鍋の蓋をして百二十ほど数える間温めたら出来上がり。

「好みでおとっつぁんの好きな舞茸を加えてもいいのよ」

　花恵の言葉に、茂三郎は苦笑して答えた。

「まさか。舞茸はあれでそこそこえぐさがある。卵の純なふわふわさが汚される。惚れ惚れする菊を育てていたつもりが、いつのまにか他の花が咲いてしまうのは残念だ。何せ俺は植木職だからな」

　父が満足そうに食べ終わったのを見計らって、花恵は晃吉の恋文の話をかいつまんで説明した。

「晃吉の奴に恋窶(こいやつ)れするほどの相手ができたとはねえ。あいつもやっと大人に近づいたな」

　花恵の思惑に反して、温かく微笑んだ。

「晃吉の場合、馴染みの居酒屋を除くと、もう、おとっつぁんと一緒に仕事に行った先のお大尽の庭しか思いつかないのよね。そのうち、毎年何度も行ってるのは三軒くらい。三軒のうち晃吉が忘れられなくて染井に晃吉の江戸菊を買いに来た女(ひと)は、大身旗本のご側室になっちゃって江戸菊も散ったに違いない。こうなると何遍、お庭に伺ったのではなく、たとえ一回でも、おとっつぁんから見て、〝これだ〟っていう出会いがあったはずなんだけど」

「そうは言っても、こっちは仕事で庭を整えに行くんだよ。木に登りっぱなしになったり、登ったり下りたりもする。伸びすぎた枝も育っている木の均衡のうちだ。そいつを見た目がいいようにと切るのだから、当然木の均衡は崩れる。切ったとたん、木の神様の気分を害して、自分が落ちたら大変だと常に気を張ってる。身の軽い猿が羨ましくもなる。板子一枚下が地獄なのは漁師だが、こっちは足の踏み外し一つが地獄なんだ。お屋敷の方々のことを見ている余裕なんかあるものか。こればかりは晃吉だって同じだろう。残念だがおまえが言うような出会いなんて思いつかねえ。それと弁当を遣う時とか、八ツ時（午後二時頃）に茶や饅頭を運んできてくれるのは、たいてい下働きの爺さんだしな」

茂三郎は首を傾げた。

「おとっつぁんたち植木職は周囲を見ていなくても、お屋敷の人たちは興味津々で見守っていることもあるんじゃないかしら？」

花恵はなおも父の話に期待をかけた。

「そういえば――」

茂三郎の顔がなぜかとてつもなく優しくなった。

「何か、思い出したの？」

花恵は身を乗り出し、茂三郎の舌はさらに滑らかになった。

「いや、そういやぁ、おまえのおっかさんとの出会いを思い出してな。おっかさんは、今、おまえの話にあったようなお武家で行儀見習いをしてた本両替屋大坂屋の娘で、別嬪で有名だった」

両替屋には大店である本両替屋と小商いの両替屋とがあり、本両替ともなると金銀の両替を扱うだけではなく、大身旗本や大名家に金を都合してもいた。

「わしはその時もあまりよく覚えてないんだが、お瑠衣は高い銀杏の木に登ったきり、下りることができなくなった子猫を、わしが梯子をかけて上ってって助けたのを見ていて、〝いかついけど見かけによらず生き物に優しいこの男と一緒になる〟と決めたそうだ。それからわしに文が届いたんだが、親父は、『本両替屋の娘の行儀見習いはおおかた大奥へでも上がるための下準備だろう、相手の言うことなんぞ真に受けない方がいい』と言って、わしに返事を書かせなかった。文は何通か届いたんだが、ついに宿下がりした本人がここへやってきた。そいつを一目見たとたん、親父の小言混じりの意見なんて消し飛んじまった」

花恵は、初めて聞く父と母との出会いに胸がいっぱいになった。

「向こうも一目惚れならこっちも同じだったのさ。お瑠衣は生家の本両替屋から縁を切られて、わしの女房になった。縁を切った大坂屋の連中は染井流の祝言にも、お瑠衣の葬式にも来なかったが、わしは何とも思っちゃいない。もちろん恨む筋でもない。お瑠衣と幸せな日々を送ることができて、おまえという可愛い娘ができたのだからそれでいいと満足してるんだ」

――わたしが玉の輿に乗りかけた時、ずいぶん親戚が増えたけど、本両替屋の大坂屋さんは前祝いに来なかった――。それほどあちらは徹底してわたしたちとの縁切りを続けたかったのね。もしかして、おとっつぁんの仕事の邪魔だってしてきたかも――。ずっと縁を切ったままでいるような相手だとわかっていたでしょうに、おとっつぁん、おっかさん偉い。

花恵は両親を改めて見直して目頭を熱くした。

「つまらん話をしちまったな」

　多少酔いが冷めた茂三郎は卵ふわふわに取りかかろうと蓮華に手を伸ばした。

「卵ふわふわもすっかり冷めちゃったわよ、いいわ、作り直すから」

　花恵が立ち上がろうとすると、

「一つ、二つ、まあ、あまり役にも立つまいが思い出したことがある。江戸一だった米問屋の尾高屋さんに仕事を頼まれた時のことだ。晃吉が『この家の裏手は結構陽が当たるんで鶏頭がどっさり植えられてるんですよ。でも、こんな歌を贈られるのは勘弁してほしいんですけどね』と言って、その時見せたのはたしかこんな歌だった。『秋さらば移しもせむと我が蒔きし韓藍の花を誰れか摘みけむ』」

「あら。憶えがいいのね」

「この稼業、茶の湯と同じで歌にも多少は嗜みが要る。その方が商売繁盛だと教えてくれたのはお瑠衣だし、この歌もお瑠衣の文に添えられてきた」

　照れくさそうに言った。

「それじゃ、憶えてないわけない」

「まあな」

茂三郎は満更でもない顔をした後、

「しかし、その後が何とも――突然、強い風が吹いてきて、その歌が書かれた短冊が吹き飛んで行ってしまった。晃吉が追いかけて走り廻り、わしも手伝ったがとうとう見失ってしまった。池にでも落ちたか、庭の外まで飛んだのだろうが――。仕事に来たのだから、それればかり探すわけにもいかなかったし」

困った表情で煙草盆を引き寄せて、

「その代わり、一瞬だったが、風は深紅の鶏頭を描いた絵をこちらへ運んできた。裏手に鶏頭が植えられているのだから、尾高屋さんの誰かが描いたものだとは思う。しかし、また強い風が吹くと短冊同様、その絵は晃吉の手からもぎ取られるかのように飛んでいってしまった」

「よく思い出してくれたわ、おとっつぁん、ありがとう」

花恵は茂三郎に向けて微笑みつつ、

――これで晃吉と鶏頭の万葉歌、鶏頭の絵が尾高屋さんとは結びついた。でも、これだけでは、あの恐ろしくもあるオオムカデの話との関わりがわからないけれど夢幻先生の言う通りにおとっつあんを頼ってよかった――

焦れる気持ちをやっとのことで抑えた。

10

この日、染井に泊まった花恵は朝、明るくなるのを待って八丁堀に戻った。

たぶん、風に吹かれて飛んでいってしまった短冊に書かれていた万葉の歌を、花恵が示せば、晃吉は憶えているだろうとは思う。けれども、その歌と今回の雄鶏とオオムカデの話との関わりがまだわからなかった。

花恵は箪笥の引き出しから『草木花調べ』と表紙に記してある綴りを取り出した。このところ書き加えることもなく、開かずにいたものであった。

――何でもくわしいおとよちゃんが教えてくれたことをわたし書いてたのよね、これに――

花恵は鶏頭について書かれている箇所を探した。以下のようにあった。

韓藍といっても、朝鮮の鶏頭が藍色ということではない。あくまで鶏頭は緋色で清から朝鮮半島を経てこちらに伝わった花だからそのように呼ばれる。ちょうど万葉集の編纂中に伝わってきたので、万葉の歌にも詠まれている。

一　我がやどに韓藍蒔き生ほし枯れぬれど懲りずてまたも蒔かむとぞ思ふ

二　秋さらば移しもせむと我が蒔きし韓藍の花を誰れか摘みけむ

三　恋ふる日の日長くしあれば我が園の韓藍の花の色に出でにけり

四　隠りには恋ひて死ぬともみ園生の韓藍の花の色に出でめやも

「これは全部恋の歌で、恋というものの、我が身さえも焼き尽くす恐ろしいということを、目にも鮮やかな鶏頭の花の深紅に託しているのよ。いつか、花恵ちゃんにも役に立つかもしれない」っておとよちゃんは言っていた。

――あの時、くわしく聞いておけばよかった――

花恵はおとよの話を懐かしく思い出しながら、晃吉のところへ届けられた二番目の歌のことを考えた。

――鶏頭って染料にも使われてたっていうから、この花を衣にすりつけ色を移して染めるように、自分のものにしようと楽しみにしていたのに、誰かが大事なあの花のような娘を折り取ってしまった。ああ——という歌なんでしょうね。そこそこ年上の男が汚れを知らない無垢な乙女の世話をしたというのに、果ては振られてしまったという歌かしら？——

花恵が思い悩んでいるところに、青木が花仙を訪ねてきた。

「母から鶏頭の花を飾りたいと言われまして」

照れくさそうに言う青木に、花恵は晃吉の恋文の相手は、尾高屋の娘ではないかというところまで辿りついたと喜び勇んで伝えた。

一緒に喜んでもらえるかと思っていたら、青木は浮かない顔をした。

「尾高屋は江戸開府以来の老舗ながら、ここ数カ月で主の尾高屋寿兵衛は亡くなり、嫁入り前の大事な娘さんが大八車に轢かれるなどと、次々に不幸に見舞われています」

「それじゃあ、恋文なんて贈るのは難しいわね。和歌の意味も文の謎も解けないことだし」

花恵のがっかりした様子に青木は慌てて、

「いまの尾高屋は、弟の喜八郎が主として商いを守り立てているはずです。念のため娘さんのこと、訊いてまいりますので」

告げるやいなや、出ていった。

11

翌夕、花恵はすぐに身仕舞いすると青木から教えてもらった尾高屋の母娘が住んでいるという芝神明へと急いだ。尾高屋と恋文がどこかでつながっているはずだと、希望は薄いが確かめたかった。

この辺りには絵草紙屋が軒を並べている。各藩の参勤交代の折、大名に従ってついてくる家臣たちが、故郷(くに)で待つ家族への土産にと立ち寄るのが芝神明の絵草紙屋であった。小商いではあるが、絵草紙屋の主は圧倒的に女が多かった。

どこの店でも一番人気の錦絵が店先に吊るされている。その他に千代田の城、江戸名所、吉原の花魁(おいらん)道中、花鳥風月、虫づくし等が描かれた風俗絵や千代紙が並べられ、便利なものでは押してある判の通りに切り抜くと、気の利いた熨斗ができる切り熨斗もあった。

　絵草紙屋おだかはそんな絵草紙屋の中でも、やや神明前から外れた場所にひっそりと店を開いていた。

　花恵が狭い間口を入ると立版古とも呼ばれる凝った組立絵が目に入った。絵を切り抜いて組み立てるのが組立絵である。三枚つづき、四枚つづき、七枚、十枚つづきぐらいまでの絵が束ねてあって、各々組み立て方を記した文が添えられている。

花恵が最も身近に感じている組立絵は雛飾りであった。貧しい長屋住まいのおとよのところでは、毎年、雛飾りの組立絵で雛節句が祝われたからである。

　時季が外れているので雛飾りの組立絵は売られていなかったが、〝忠臣蔵引き揚げ〟と題されている分厚い組立絵一式が置かれている。その隣には組み立てられた舞台の上に、主君の仇の吉良上野介を討って凱旋する、大石内蔵助以下の四十七義士の姿があった。有名な何人かはぱっと見ただけで誰なのかをほぼ当てられるほど、顔の表情や体格、身形（みなり）等が精緻に描き込まれている。店の中が薄暗いせいもあって、その様子はまるで本物の舞台を小さく縮めて見ているかのようであった。

「素晴らしい」

思わず花恵は呟いた。

長きに亘って物語や舞台で忠義をもてはやされ続けてきた赤穂浪士、四十七義士が主君の仇をとったのは師走であり、墓のある泉岳寺への人出がまた一層増える時季もそう遠くはない。

「そろそろ時季ですからね」

店番をしている四十歳ほどの女が告げた。地味な形こそしているが、きちんと着つけて、白いものがちらと見えはじめた髪を一糸乱れずに結い上げている。粋な印象と上品な物腰が同居していた。

――この人が尾高屋のお内儀さんだった人かもしれない――

「よほど絵のお上手な方に頼まれているのですね」

「頼むだなんて、そんな余裕はございません。絵が好きで籠りがちな娘が描いているだけです」

花恵は思い切って、話を切り出すことにした。

「染井の植木職、晃吉のことで来ました。わたしの父茂三郎は染井一帯の肝煎を務めていて、晃吉を一人前の植木職にと導いております。わたしの名は花恵、八丁堀で花屋を商っております。お伺いしたいことがあって来ました」

花恵は深々と頭を垂れた。

「わたしは米問屋、尾高屋の内儀だった文と申します」

きっぱりと名乗った後、

「どうぞ、こちらへ」

奥の座敷へと案内してくれた。

お文は香り高く淹れたほうじ茶でもてなすと、

「晃吉さんにはご迷惑をおかけしてしまったと悔いております」

畳に両手をついて詫びた。

「ということは、あのオオムカデと雄鶏の文を届けたのはあなたなのですね」

花恵が念を押すと、

「はい、わたし一人でしたことです」

花恵は、すぐには納得できなかった。このお文が晃吉を想い続けるあまり、なぜあのような物語を描いたのだろうかと。

「晃吉さんに文をしたためたのは、この命に代えても惜しくないお初というひとり娘のためでございます。その娘が大八車の事故に遭い、夫が自死し、誰にも頼る術がありませんでした。そんな時に、お初を診ていただいていた塚原先生からこれを渡されたんです」

かつての塚原は金になる患者は必ず診ていただろうから、尾高屋もその一人だったのだろうと花恵は思って、お文に訊いた。

「娘さんは、事故に遭ってから塚原先生のところへ通っていらっしゃったのですか」

「はい。お初は大八車に轢かれた際、『誰かに押された』と言いましたが、塚原先生は相手にしてくださいませんでした。また、大八車に向かって倒れ込んだ時、咄嗟に地面についたお初の手が握っていたものがあるのですが、それにも目もくれませんでした。しかし、先日それは、おそらく押した者の袖から落ちた代物だと、お詫びにいらしたのです」

誰も信じられないといった様子で、お文は言った。

「中身は御禁制の阿片です。塚原先生はこの薬包をご自身も使っていたからこそ、後ろめたかったのでしょう。この阿片の薬包をお上に届けて、お初さんをこんな目に遭わせた者を見つけ出してはどうかとおっしゃいました」

「塚原先生のおっしゃるようにはなさらなかったのですね」

花恵の言葉に、お文は力強く言った。

「わたしたちを嵌めてここまで追い込んだ悪党はわかっているんです。夫が亡くなった後、義弟の喜八郎はすぐに態度が変わり、尾高屋でよからぬ人たちを雇いはじめたのです。問い詰めたところ、夫の寿兵衛が亡くなったのは米俵の運びを使っての抜け荷が発覚しかけたゆえだ、自業自得だと撥ねつけられました。江戸一の老舗米問屋の立場を利用して大罪を犯していたものの、露見する前に、妻子に罪科が及ばないように自ら死んだのだと」

お文が流した一筋の涙に、花恵は心が締め付けられそうになった。ただ、お文の話や阿片の薬包だけでは、誰の悪行かを突き止めるのは難しいと思った。

「わたしもどうしていいものか、気が滅入ってしまい、あのような文を晃吉さんにさしあげてしまいました。すぐに後悔して染井の晃吉さんのところ、あなた様のご実家まで赴いたこともございました。晃吉さんと顔を合わせたものの、お詫び一つ、申し上げられぬまま帰ってきてしまったのですが――本当に申しわけないことをいたしました。どうして、あんなことを――」

お文は困惑の面持ちで、知らずと何度も頭を下げていた。

「お初さんは、お母さまがオオムカデと雄鶏の物語を文にしたためたことは、ご存じなのですか？」

「知りません。陥られた悪事の一部始終を誰かに聞いてほしいと思ったわたしが、勝手にしたことなのです。晃吉さんなら何か気づいてくれるかもしれない、これからも尾高屋に庭の手入れに行った時にでも、思い出してもらえるかもしれないと。悪党の正体の証もないのに起きたことをありのまま書いても信じてもらえないと思ったので、物語に託したのです。他に信じられる人もいなくて、ずいぶん無遠慮なことをしてしまったと思っています」

12

「どうして晃吉だったのですか？」

この時、お文の窶れた顔にぱっと輝きが宿った。

「これをご覧ください」

お文は立ち上がって小簞笥の引き出しを開けると、緩く巻かれている紙を取り出して広げた。

「まあ」

思わず花恵は息を吞んだ。

晃吉が描かれている。

晃吉の絵は二枚あり、一枚は鶏頭の花を背景に顔だけが描かれていて、もう一枚は五葉松に、虫の駆除を兼ねた冬支度をさせるため、藁でできた菰巻きをしている姿と横顔であった。

――ええっ？　晃吉ってこんなにいい男だった？――

鶏頭の花を背にした晃吉の頰には涙の跡があった。泣きながら微笑んでいるその様子が女々しいどころか、むしろ清々しく力強かった。思わず花恵は見惚れた。

「たった一度だけ、お初は晃吉さんに会ったことがあるのです。大好きな鶏頭の花を裏庭に見に行って、泣いている晃吉さんと鉢合わせしたのだとか――。お初の方も怪我をした足が思うように治らず、家に籠っている日々で、悶々としていたのです。晃吉さんの方はあなたのお父様にきつく叱られた話をなさって、『でも俺、この仕事が好きなんだ、どんなことがあっても辞めたりしない。たとえまた、こうして泣くようなことがあっても。俺、泣くのが恥ずかしいなんて思っちゃいないんだ』とおっしゃり、娘は――足のことを忘れようと思わず、泣きたい時に泣いて好きな絵を描き続けてみよう――と大変励まされたとのことでした。それで描かれている晃吉さんの顔は堂々とした泣き笑いなんでしょうね。その上、横顔の何と凜々しいこと――」

「たしかに」

――わたしには見えない晃吉がお初さんには見えたのね――

花恵の心は感動で満ちた。

「その時すでに夫は抜け荷の嫌疑をかけられ、義弟喜八郎は店は自分に譲るしかないと迫ってきていて、尾高屋に暗雲がたちこめていました。娘も薄々知っていました。それで万葉の歌が好きな娘は、あまりに頼もしく感じられた晃吉さんに、自分たちの急場を鶏頭の恋歌に託して、お届けしたのです。娘心です。あの後、わたしたち母娘は尾高屋を追い出されてしまったのですが、娘を元気にしてくれた晃吉さんはわたしたち母娘の光でした。けれども、とても失礼で迷惑だったと思います」

　お文は顔を伏せた。

「そんなことありません、頼りにされていた晃吉はきっと大喜びするはずです」

　花恵がそう言い切った時、襖が開いて、

「おっかさん、ほら、見て」

　二十歳少し前のほっそりした娘が顔を見せた。

「あらっ」

　過度の内気なのだろう、ぱっと白い両頬が染まった。

「晃吉さんの修業先のお嬢さん、花恵さんですよ」

　母親の言葉に、

「娘の初です」

　丁寧に頭を下げたお初は鶏頭を活けた金箔の花器を手にしていた。

「ここに移ってきても、娘のために裏手で鶏頭は育てていたんですよ」

　お文は告げた。

「時代ものの花器ですね」

花恵は温かみのある深紅の鶏頭の花が、やや渋めの金色によく映えている様子から目を離せなかった。

「これは〝えびろ〟というもので、元は矢を背負うための矢筒だったと父から教えられました。父の形見の品です。これだけは手放さないでと母に泣いて頼みました」

お初は微笑んだ。

「泣かれたんですね」

花恵が念を押すと、

「ええ、諦めさえしなければ泣くのは恥ではありません。そうある人から教わりました」

お初は黒目がちの大きな目をきらきらと輝かせた。そのたびにふっさりした長い睫毛（まつげ）が揺れる。その様子が初々（ういうい）しくもあり、また女らしくもあった。

――お母さん似で綺麗なお初さん。見たところ足なんてもう引きずってない。瘦せすぎてて、こんなに色白なのは家に籠ってばかりいるからだわ。もう少しふっくらして血色が良くなればもっともっと綺麗になれるはず――

「きっとまた晃吉はいろんなことを喜んで教えてくると思いますよ」

花恵がそう告げるとお初は驚いて、両頬はさらにまた赤く染まった。

この時店先でどさっ、ごそっという大きな音とそれよりは小さな音が響いた。

花恵の胸に不安がよぎり、

「わたしが見てきますから」

腰を上げかけたお文を止め、急いで店の外に出てみると、そこには図体の大きい男と、匕首を手にした小柄な男が大の字に伸びて気を失っていた。共にごろつきと思われる風体であった。

そばにいる夢幻が見下ろしていた。

「あなたがお察しの通りです。口ほどにもない奴らで、投げ飛ばし甲斐がなさすぎました。始末を手伝ってください」

夢幻は花恵に荒縄を用意させると、二人を縛り上げた。

――夢幻先生の勇姿を見たかったのに。もっともこの二人が相手じゃ、蝶にはなれなかったでしょうけど――

花恵はこんな時にと自分を叱りつつも、多少惜しく感じた。

「この人たちは、お初さんたちを狙ってきたのでしょうか」

「尾高屋喜八郎の指図で、ここを襲おうとしたそうです。青木様からあなたが芝神明の絵草紙屋に向かったと聞いて、嫌な予感がしたのです。危ないところでした」

夢幻が自分のことを心配して駆けつけてくれたと思うと、花恵はうれしくてたまらなかったが、素直に礼を述べることができないでいた。

「もしかしたら、お初さんが阿片の薬包を持って奉行所に駆け込むかもしれないと思ったのでしょうか」

「静かにしているように脅しに来たのでしょう。ひとまず、青木様に、尾高屋喜八郎を捕縛に向かってもらいましょう」

花恵はお初にまた訪れることを約束して、店を辞した。恋文に込められた長い謎を晃吉に話すとどんな顔をするだろうかと考えながら歩いていて、躓きそうになった時、夢幻が花恵の腕を取った。

「ぼんやりしていますと、また大八車に轢かれますよ」

夢幻が優しく花恵に微笑みかけた。

青木の調べに、尾高屋喜八郎は兄の寿兵衛に阿片を大量に飲ませて殺し、川に投じて、自害に見せかけたことのほかに、大掛かりな抜け荷を行ってきた大罪を認めた。

花恵を轢きそうになった大八車に積み込まれていた米俵にも、隣国の仏像等数々の御禁制品が入っている俵があり、全体の均衡が崩れて、引き手が堪えきれずたびたび事故が起きていた。もっともお初の場合は、こよなく妻と娘を愛している寿兵衛にゆさぶりを掛けるのが喜八郎の狙いだった。

そして驚いたことにお初を突き飛ばして轢かれるように仕向けたのは、妻殺しの下手人として死をもって償った沢森正海であった。沢森の妻亜紀の浪費癖は儲け医者の一人であったはずの夫の稼ぎでは足りなかった。妻の借金返済に追われていた沢森は喜八郎の甘言を退けられず、抜け荷の阿片に手を出して、阿片多用の悪癖を抱える富裕層に供給していた。ここまで深入りしていたがゆえに医者でありながら、人一人を轢死させるという、喜八郎の指示を拒むことができなかったのである。

轢かれたお初が手に握っていた阿片の薬包で塚原俊道は何もかもを知ったのだろう。以前、沢森は塚原にこの手の儲かる仕事があることを仄めかして、仲間に引き入れようとしていたからであった。沢森は阿片仲介に手を出しただけではなく、とうとう妻をも殺してしまったのだった。塚原俊道は罪に問われず、医家の塚原家を千太郎に託した後、隠居医者なる奇妙な看板を浜町堀対岸の村松町に掲げた。

「お父様ときたら、稼ぎのない人からだけじゃなく、自分を頼りにしてくれてる患者さんたちからは一切、薬礼を貰わないって言うのよね。だから兄さんの方で収支は合わせるようにって。そんなこと言っても、兄さんだって医は仁術の口で算術には疎い方なんだから、もう。霞に滋養がない限り、塚原の家は当分、わたしが仕切らないとね――、これじゃ、お嫁に行けない、どうしよう」

お美乃は言葉とは裏腹に大張り切りしている。

医は仁術であるばかりか、恋心にもつながっているのか、

「父がついた嘘は、このわたしが一生償わなければなりません」

千太郎はそう断じて、お上のはからいにより、元の尾高屋の商いを取り戻した、お文お初の母娘の元へ足しげく通っている。

「あたし、千太郎さんに雑穀を使った甘酒の作り方、頼まれて教えたのよね。何せ、あの先生ときたらよりによって青木の旦那を通して頼むんだもの、断れるわけないでしょ。これで父親の罪を尾高屋の母娘に許してもらうんだって、あの若先生張り切ってたけど」

お貞が得意そうに言うのを花恵は聞いている。このところ「青木の旦那」と口から出す時、お貞の声がいい感じに震える。

「へえ、そんな甘酒あるの？」

「田舎じゃ、こっちの方が安いし温まって身体にもいいんで、冬場はどこの家でも始終作るものなのよね。畑から帰ってまず一杯ってとこ——」

　お貞は千太郎に教えた雑穀の甘酒の作り方を教えてくれた。

「あわ、ひえ、きび、そば米、小豆、麦、ハトムギ、米等の雑穀米適量に紐鶏頭の種、えーとアマ、アマ——何と言ったっけ？」

「アマランサスでしょ」

「そうそう、前に花恵さんから聞いてたけどそれが大事なんだって。とにかく、これはただの鶏頭と違ってすごく身体にいいもんなんだそうだから。雑穀米にアマランサスを混ぜてお粥にして、米麹（こめこうじ）を入れて、よく作る甘酒みたいに炬燵の中で寝かせて出来上がり」

「ほんとに普通の甘酒と同じ作り方でいいの？」

「温め方が悪いと酸っぱくなって、温めすぎると甘みが出ないの。だから冬場の炬燵の中がいい塩梅なのよね。普通の甘酒より甘味が出にくいから米麹は少し多めがいいかな。あと、若先生はお初って娘さんの薬の代わりだって言ったから、夏場も要るわね。冬場は雑穀のごろごろな感じも身体がぽかぽかしてくるようでいいけど、夏場はそれじゃ、飲みにくい。漉して滑らかにして少々水を足して砂糖や生姜汁を入れて、井戸で冷たーくすると美味しく飲める」

「それ、良さそうね」

花恵は夢幻のところへ運ぶことになっている紐鶏頭を少しだけ残しておいて、実がついたら早速作ってみようと思った。

一方、肝心の晃吉は弟分を連れて、尾高屋の庭の手入れに出向いている。

「お初ちゃんとはちゃんと話せたの？」

千太郎の話を耳にした花恵が案じると、

「男は黙ってても良さがわかるようじゃないと――」

むっつり応えてみせて、

「可愛いよね、お初ちゃん。どうして、あの時のこと、鶏頭の花の前で話したの、すっぽり頭から抜けちゃったのかなあ。やっぱ、叱られて泣いちまったことは忘れたかったのかもね。でも、お初ちゃんはしっかり憶えてくれてて。俺のことあんなにいい絵にしてくれて。それだもん、どこの誰が割り込んできたって、そんなのもう目じゃないって」

　常の晃吉に戻っていた。

「それとね――」

　いつぞや手に入れた九年酒を使って菊酒を仕込んだ話をしてくれた。

「俺たち、なかなか二度目は会えずにいたんですよね。でも今はこうなって――。だから、お初ちゃんには絶対、寝かせた菊酒を味わってほしいんですよ、砂糖入れなくてもいい甘味になるはずの九年酒の菊酒。それにお初ちゃん、もう身体は元気なんですよ。心の方があとちょこっととってでしょ、その一押しは薬じゃなくて、俺が天下一品の菊酒に込めた、深ーい気持ちだって思ってるんです」

　花恵は珍しく晃吉の饒舌を頼もしく思った。

　夢幻は霜月初めての辰（たつ）の日辰の刻に大江戸菊見活け花大会を催した。意外や意外、泉岳寺の建物を借り切っての大仕事ではあったが、当人が断言した通り、寺社の深夜は人通りがほとんど見られず、夥しい数の活け花が飾られた。

驚いた瓦版屋たちが四苦八苦したのは言うまでもない。市中は大騒ぎの興奮に包まれ、市井の者たちで泉岳寺の山門前は長蛇の列となった。果ては大名家の家老や大店の主たちまで訪れ、花器ごと気に入った活け花が高値で買われて、夢幻の試みは大成功に終わった。

この大会には夢幻も何点か自作を展示していると聞いた花恵は、列に並んでこれらを見た。

——これ——

黒光りのする大ぶりの一輪挿しに大輪の白い厚物咲きが活けられていた。白の厚物咲きと黒の一輪挿しの間には、奇しくも小ぶりの鶏頭の花と垂れ下がる紐鶏頭の花が形と深紅の色合いを競っていた。

——それと——

もう一点は花芯と花弁の色が異なる、橙と黄色、白と薄紫の小菊を両端に置いて、赤、紫、朱を挟んで、中ほど下の白の小菊で引き締めている籠ものであった。といっても籠は見えず、まるで野にある小菊をそのまま、この場に移したかのような白然な調和が素晴らしい。

——わたしが届けた菊の花が使われたわけではないけれど、それらの色や形、印象を憶えていてくださったのだわ。あら？　この作品だけ名札が——

秋明菊が野に咲き乱れるさまを思わせるように活けられているその作品の前には、「紫　君へ」と書かれた名札が置かれている。

「どうかしたの？」

一緒に列に並んで、共に活け花の菊見をしている、おとよの母お早紀が案じて声を掛けてきた。

花恵の目から絶え間なく涙がこぼれ落ちていたからである。

「うれしくて」

花恵は応えた。

——それでいいのよ、花恵ちゃん、人を好きになるってそういうものだもの——

どこからか、おとよの声が聞こえてきたような気がした。

参考文献

『江戸の園芸　自然と行楽文化』青木宏一郎　ちくま新書
『江戸っ子は何を食べていたか』大久保洋子　青春出版社
『植物はなぜ毒があるのか 草・木・花のしたたかな生存戦略』田中修、丹治邦和　幻冬舎新書
『江戸のおかず帖　美味百二十選』島崎とみ子　女子栄養大学出版部
『江戸のおかず　十二カ月のレシピ』車浮代　講談社
『週刊花百科　Fleur 25　きく』講談社
『週刊花百科　Fleur 82　かきとくり』講談社
『週刊花百科　Fleur 79　きんもくせいと秋の庭木』講談社
『週刊花百科　Fleur 28　彼岸花とけいとう』講談社
『アマランサスの栄養学』小西洋太郎　ヘルス研究所

この作品は書き下ろしです。

花人始末（かじんしまつ）

菊香の夢（きくかのゆめ）

和田はつ子（わだはつこ）

令和3年10月10日　初版発行

発行人――石原正康
編集人――高部真人
発行所――株式会社幻冬舎
〒151-0051東京都渋谷区千駄ヶ谷4-9-7
電話　03(5411)6222(営業)
　　　03(5411)6211(編集)
　　　振替00120-8-767643
印刷・製本―図書印刷株式会社
装丁者――高橋雅之

幻冬舎時代小説文庫

ISBN978-4-344-43138-6　C0193　わ-11-7

幻冬舎ホームページアドレス　https://www.gentosha.co.jp/
この本に関するご意見・ご感想をメールでお寄せいただく場合は、
comment@gentosha.co.jpまで。